Martin Oberhuemer

TOD

auf dem Christkindlesmarkt

Ein Weihnachtskrimi aus Nürnberg

Herstellung und Verlag:
BoD - Books on Demand, Norderstedt
ISBN 978-3-8482-5442-2

Martin Oberhuemer
Jahrgang 1972, lebt in Nürnberg.
Informationen zu seinen Projekten sind im Internet zu finden
unter www.m-oberhuemer.de/Literat.htm
Hauptberuflich ist er Besitzer eines Nachhilfeinstituts.

Ein Toter, den niemand kennt

Das Handy des Oberkommissars klingelte. Jemand von der Schutzpolizei – Kröber merkte sich deren Namen prinzipiell nicht – informierte ihn, dass sie auf dem Christkindlesmarkt einen Toten gefunden hatten.

„Zusammengebrochen oder was?", fragte er knapp.

„Können wir im Moment noch nicht sehen. Kann gut sein, dass er im Gedränge noch mitgeschleift wurde."

„Sonst noch Wichtiges?"

„Männlich, um die 30 Jahre alt, ungefähr eins achtzig groß, blond. Hatte keine Papiere bei sich, auch kein Handy."

„Wer hat ihn gefunden?"

„Ein Mädchen. Sie steht unter Schock. – Wir sind bei einem Stand für erzgebirgische Volkskunst im Sternlasweg, der Zugang ist genau gegenüber der Buchhandlung; Besitzer des Standes ist eine Familie Ostermann. Daneben ist links ein Stand für Süßigkeiten, rechts einer für Spielzeug. Ziemlich genau in der Mitte des Marktes."

„In Ordnung, ich komme!" Eine Anweisung, die Stelle abzusichern, dürfte zwecklos sein. Sicher waren bereits Tausende von Füßen darüber getreten, lagen zertretene Reste von Lebkuchen, Zuckerwatte und gebrannten Mandeln darüber und hinuntergeronnener Glühwein und Kinderpunsch hatte das Ganze zu einer undurchdringbaren Masse gemacht.

Oberkommissar Kröber hielt wenig von Christkindlesmarkt – seiner Meinung nach war dieser eine Touristenfalle, die nur den Zweck hatte, dafür zu sorgen, dass die gesamte Altstadt über vier Wochen voller Touristen und Dreck war. Christkindles- oder Weihnachtsmärkte, die diese Bezeichnung verdienten, gab es seiner Meinung nach nur noch in kleineren Orten – angeblich sollte der in Fürth sehr schön sein, doch Kröber würde dennoch niemals freiwillig einen Fuß in die „Westvorstadt" setzen.

Er zog es vor, zu Fuß zu gehen. Mit dem Auto brauchte man, selbst mit Blaulicht, ewig durch die vollgestopften Straßen, während zu Fuß jemand, der sich auskannte und die

Fußgängerzone und die Hauptstraßen mied, sehr schnell vorankam.

Er fand den Zugang zum Sternlasweg, wie eine der Gassen in der Budenstadt hieß, schnell und kämpfte sich durch das Gedränge, wobei er rücksichtslos von seinen Ellenbogen Gebrauch machte. Vor dem Stand der Familie Ostermann drängten Schutzpolizisten Schaulustige zurück. Er zeigte einem seinen Dienstausweis und trat vor den Stand. Der Tote lag im Inneren des Standes, die Besitzer, ein älteres Ehepaar, standen daneben.

„Grüß Gott, Kröber, Kriminalpolizei. Haben Sie den Toten gefunden?"

„Nee – das woar `n Mädchen, das Ihre Golleechen weggebracht hoben", antwortete der Mann in fürchterlichem Sächsisch. „Sie hat laut jeschrien ,Ein Doder!', meine Frau hat hingeguckt und dann Sie ongerufen. Inzwischen is die Gleene zusammengesoggt. Ihre Golleechen hoben den Mann hier ringeschleppt und do liecht er nu."

Auch die Frau des Standbesitzers wusste nicht mehr.

„Keine Informationen, wer der Tote ist – keine Papiere, kein Handy, kein Nichts", informierte einer der Schutzpolizisten. „Die Zeugin haben die Kollegen in die Rathauswache gebracht. Die Kollegin, die sich um sie kümmert, hat die Rettungssanitäterausbildung und wird den Notarzt holen, wenn es sein muss. – Das Mädchen heißt Sonja Lampert, geboren am 13. April 1998, geht auf die Peter-Vischer-Realschule – das steht in ihrem Schülerausweis, den sie zum Glück dabei hatte. Aus ihr selbst war nichts rauszukriegen, ist zusammengeklappt, bevor wir hergekommen sind. Ansonsten keine Spuren zu sehen – nirgends eine Kugel oder Verletzungen durch Waffen."

„Das dauernde Geknipse regt mich auf!", bellte Kröber und zeigte mit dem Finger auf eine Gruppe japanischer Touristen, die unaufhörlich den Stand, die Polizisten und den Absperrzaun fotografierten. Andere Christkindlesmarktbesucher redeten mit den Polizisten, doch die gaben wenig Antworten.

„Sonst hat niemand was gesehen?", fragte Kröber einen der Schutzpolizisten.

„Angeblich nicht – oder es will niemand was sehen."

„Was mich wundert: Woher weiß eine Dreizehnjährige, dass jemand, der auf dem Boden liegt, tot ist – und warum sieht ihn sonst niemand liegen?"

„Keine Ahnung, wer alles hier vorbeigekommen ist. Die Leute, die wir hier vorgefunden haben, als wir uns endlich durchgekämpft haben, können ja ganz andere sein als die, die wirklich was gesehen haben – das Gedränge geht ja ständig weiter."

„Ach nein, da wär' ich nie draufgekommen", knurrte Kröber.

Er sah sich den Toten genauer an, doch der blutete weder, noch waren irgendwelche Kampfspuren oder sonst etwas Auffälliges an ihm zu sehen.

„Bringen Sie ihn zur Untersuchung!", befahl er. „Die Personalien..."

„...von Herrn und Frau Ostermann haben wir schon aufgenommen, Herr Oberkommissar", meldete eine Schutzpolizistin. „Werden Ihnen zugemailt."

Der Oberkommissar verließ den Stand in Richtung Polizeiwache. Vom Podium, das wie jedes Jahr vor der Frauenkirche aufgebaut war, erklang Blasmusik. Das Gedränge war unverändert dicht. Es roch gleichzeitig nach Bratwürsten, Lebkuchen, Glühwein, Schweiß und Zigarettenqualm.

‚Kein Wunder, dass hier jemandem schlecht wird und er umkippt', dachte der Kommissar sich. Er drängte sich bis zur Nordseite des Hauptmarkts durch und ging von dort durch den Rathaushof, wo es trotz der Stände der Partnerstädte, die sich dort befanden, erheblich ruhiger zuging als auf dem Markt selbst, zur Polizeiwache.

Er zeigte dem wachhabenden Beamten seinen Dienstausweis, verlangte, in das Zimmer gebracht zu werden, in dem sich Sonja Lampert befand und ignorierte dabei das schwarzhaarige Mädchen, das neben ihm am Tresen stand.

5

Im Verhörzimmer saß ein Mädchen mit blonden Locken, hellgrauem, weit ausgeschnittenem Pullover und etwas zu stark geschminktem Gesicht am Tisch. Neben ihr stand eine junge Beamtin.

„Oberkommissar Kröber, Kriminalpolizei", stellte er sich vor. „Bist du Sonja Lampert?"

Das Mädchen nickte und nippte an der Cola, die vor ihr stand.

„Sie ist zum Glück wieder zu sich gekommen", informierte die Polizistin überflüssigerweise. „Leider haben wir ihre Eltern bisher nicht erreicht. Ich bin nicht sicher, ob sie verhörfähig ist."

„Wird schon." Kröber setzte sich dem Mädchen gegenüber. „Was genau hast du gesehen?"

„Ich war mit Ye... – mit meiner besten Freundin – auf dem Christkindlesmarkt unterwegs. Dort, bei diesem Stand mit den Sachen aus dem Erzgebirge, hab ich mich angestellt; ich wollte ein Geschenk für meine Oma kaufen, die steht voll auf das Zeug. Dann haut mir plötzlich jemand mit voller Wucht auf die Schultern. Ich dreh mich um und will den anmotzen, da seh ich, da liegt einer am Boden."

„Herr Ostermann, der Besitzer des Stands, hat ausgesagt, du hättest gesagt, dass er tot ist. Woher wusstest du das? Er hätte ja auch nur zusammengebrochen sein können."

„Ich bitte Sie, Herr Kommissar!", warf die Polizistin ein, die wohl Kröbers Ton unangemessen fand. „Sie können nicht von einem Kind erwarten, dass es an alles denkt."

Das Mädchen schüttelte den Kopf. „Ich bin bei der Wasserwacht und hab auch schon einen Erste-Hilfe-Kurs gemacht. Ich hab also alles versucht, also Ansprechen, Atem testen, Puls fühlen und so. Nichts! Dann hab ich versucht, den Mann zu beatmen, aber dann gemerkt, er wird immer kälter. Von den ganzen Leuten ringsum hat auch keiner geholfen. Dann hab ich laut geschrieen ‚Ein Toter!' und erst danach hat die Frau vom Stand was gemerkt."

„Und dann bist du ohnmächtig geworden?"

„Ja, glaub. Das nächste, an was ich mich erinner', ist, dass ich hier gelegen bin und Ihre Kollegin mich angeredet hat."

„Du sagst, du warst mit deiner Freundin unterwegs. Wo war sie?"

„Keine Ahnung. Sie war plötzlich weg. Vorhin hat mein Handy geklingelt, das war sie."

Es klopfte an der Tür. Ein Polizist steckte seinen Kopf durch: „Eine Yeşim Cokbudak sagt, Sonja Lampert ist ihre beste Freundin und sie will zu ihr."

„Yeşim?" Sonjas Augen leuchteten. „Ja, das ist sie!"

Der Polizist öffnete die Tür und das schwarzhaarige Mädchen, das Kröber vorhin gesehen hatte, kam herein. Sonja stand auf und die beiden fielen sich in die Arme.

„Wo warst du? Plötzlich hab ich dich nicht mehr gesehen. Bestimmt fünfmal hab ich dich angerufen?", fragte Yeşim.

„Und dann kommt plötzlich die Antwort von der Polizei. – Was war denn los?"

Sonja erzählte, was sie erlebt hatte und machte Yeşim Vorwürfe, dass sie nicht gewartet hatte. „Ich hab dir doch gesagt, ich möcht' was für meine Oma suchen."

„Hab ich nicht gehört. Hab mich kurz darauf gewundert, wo du bleibst. Warum hast du mir keine SMS geschickt? Ich hätt dir doch helfen können!"

„Hast du schon mal in echt jemand zusammenklappen sehen? Im Kurs üben und in echt machen ist total was anderes, sag ich dir!"

„Du hast also nichts gesehen?", wandte der Kommissar sich an Yeşim. Die schüttelte den Kopf.

„Gut, das Übliche", entschied Kröber. „Personalien aufnehmen, auch von den Eltern und vor allem Eltern verständigen. – Sonja, es kann sein, dass du bald Post von uns bekommst und dich auf dem Präsidium melden musst."

„Wieso?", fragte Yeşim an Sonjas Stelle. „Ist der Mann umgebracht worden?"

„Das wissen wir noch nicht." Er zog sein Fotohandy aus der Tasche und zeigte Yeşim das Bild des Toten. „Dir ist dieser Mann nicht zufällig vorher aufgefallen?"

Das Mädchen schüttelte wieder den Kopf. Auch Sonja beteuerte, ihn nicht zu kennen.

„Gut, danke! – Wenn ihr nichts mehr hört, war es ein Unfall." Grußlos ging er aus dem Raum und entschied, sich von einem Schutzpolizisten per Auto ins Präsidium bringen zu lassen.

Der erste Arztbericht war schon fertig. Herausgefunden hatte der Mediziner wenig Verwertbares. Kröber rief ihn an, da er nicht alles verstand, doch auch die mündliche Antwort war ernüchternd: „Herr Kröber, ich kann Ihnen nur sagen, was nicht war: Keine Alkoholvergiftung – der Alkoholwert ist der, den man nach ein oder zwei Bier zum Essen oder einer Tasse Glühwein mit Schuss hat – keine sichtbaren Verletzungen, kein Hinweis auf Drogen. Todesursache Herzstillstand. Es ist zwar ungewöhnlich, dass bei einem jungen Menschen so plötzlich das Herz aussetzt, aber nicht ausgeschlossen. Er könnte ja vorher herzkrank gewesen sein."

„Können Sie das nicht feststellen?"

„Schrittmacher hat er keinen; ansonsten kann ich nicht viel feststellen, solange ich keine Ahnung habe, wer er ist."

„Fremdeinwirkung also ausgeschlossen?"

„Nein. Es gibt Gifte, die aufs Herz gehen und sich sehr schwer nachweisen lassen."

„Mist!"

Der Oberkommissar hatte gerade aufgelegt und war aufgestanden, um an einem stillen Ort seine verbotene Zigarette zu rauchen, als seine Kollegin Birgit Peters hereinkam.

„Grüß Gott, Herr Kröber! Na, Ärger?"

„Ärger ist übertrieben. Eine Leiche, aber es steht nicht fest, wie der Mann gestorben ist und niemand weiß, wer er war. Zeugen: Ein Kind und einer unserer Mitbürger aus den Neuen Bundesländern.   Tatort: Christkindlesmarkt. – Der ganz normale Wahnsinn!"

„Ein Foto des Toten gibt es aber?"

„Ja, hier."

„Was halten Sie davon, das Foto in den Computer einzuscannen und mit Vermisstenanzeigen zu vergleichen, sofern in den nächsten Tagen keine kommt? Und nachzugucken, ob es ähnliche Fälle gab."

„Ist gut, Gscheiderla!" Besserwisserische und aus Preußen stammende Kolleginnen waren dem Kommissar verhasst, so wie Preußen im Allgemeinen, Fürther, das Gedränge in der Altstadt während der Adventszeit, das Rauchverbot am Arbeitsplatz, Mädchen, die sich kleideten als ob sie auf den Strich gingen, Eltern, die das zuließen, die letzten unglücklichen Niederlagen des 1. FC Nürnberg, der Polizeipräsident und noch viele andere Unannehmlichkeiten des Alltags.

Er ging hinaus und ließ sich viel Zeit für seine Zigarette. Als er wieder zurückkam, hatte seine Kollegin offenbar schon etwas gefunden und ihr war anzusehen, wie sehr sie darauf drängte, ihr Wissen mitzuteilen. Kröber tat, als ob er nichts bemerkte, schaltete seinen Computer an und sah sich die Aktenlage in zwei weiteren offenen Fällen an.

„Wissen Sie, was ich herausgefunden habe?", wagte Kommissarin Peters einen Vorstoß.

„Nein, aber Sie werden es mir sicher gleich sagen."

„Es gab im letzten Jahr zwei vergleichbare Fälle zur Weihnachtsmarktszeit, einen hier, einen in Fürth. Damals traf es Budenbesitzer. Auch Herzstillstand, Einwirkung von außen nicht ausgeschlossen; keiner der beiden war vorher herzkrank."

„Wollen Sie sagen, dass es einen Zusammenhang gibt? Die Christkindlesmarkt-Bande oder was?"

„Ich will bloß sagen, was ich herausgefunden habe."

„Dann werde ich gleich einmal herausfinden, wie viele plötzliche Todesfälle dass es in Nürnberg in dem Jahr gegeben hat. – Das sagt gar nichts aus. Bevor wir nicht mindestens wissen, wer die Leiche ist, brauchen wir gar nicht erst anfangen, was zu suchen."

„Wie viele Todesfälle *es* gegeben hat, ohne ‚dass'. – Natürlich ist das nur eine Vermutung, aber ich bin Polizistin, keine Richterin. Da arbeitet man mit Vermutungen."

„Jawohl, Frau Polizeischulmeisterin!"

„Oder fangen Sie erst an, zu ermitteln, wenn schon alles sicher ist? Dann gibt es für uns nichts mehr zu tun."
„Ist gut. Machen Sie weiter und lassen Sie mich in Ruhe!"

Während Oberkommissar Kröber und Kommissarin Peters getrennt voneinander die Dateien nach dem Foto des Toten durchsuchten, verabschiedeten sich Sonja Lampert und Yeşim Cokbudak voneinander. Wie zu erwarten war Sonjas Mutter, eine erfolgreiche Maklerin, nicht zu erreichen gewesen und schließlich hatten die Polizisten es trotz Bedenken erlaubt, dass die Mädchen allein heimgingen.

„Kommst du noch mit rauf?", fragte Sonja.

Yeşim schüttelte den Kopf. „Muss noch einkaufen und Essen vorbereiten. Meine Eltern sind ja bis acht im Laden und der Hakan hat heute Training. – Ciao, wir können später chatten!"

Sie küsste die Freundin nochmals auf die Wangen und sah ihr nach, bis Sonja im Haus verschwunden war.

Yeşim hatte zwar tatsächlich einkaufen müssen, dies aber schon erledigt, bevor sie sich mit Sonja getroffen hatte. Sie lud zu Hause lediglich schnell ihre Sachen ab, besah sich im Spiegel, zupfte etwas an ihren Haaren, zog ihre Lippen nach und verließ die Wohnung sofort wieder. Ihren Eltern hatte sie erzählt, dass sie bei Sonja essen würde, was denen ganz recht war.

Was sie wirklich vorhatte, brauchten weder Sonja noch ihre Eltern noch ihr Bruder Hakan, der tatsächlich Judotraining hatte, zu wissen, wenn auch aus unterschiedlichen Gründen: Sie traf sich noch mit Kevin, einem Jungen, den sie am Wochenende auf einer Party im Stadtteilzentrum kennen gelernt hatte – und mit dem sie telefoniert hatte, als sie mit Sonja auf dem Christkindlesmarkt unterwegs gewesen war, weshalb sie auch Sonja überhört hatte.

Zwar waren ihre Eltern relativ tolerant, wenn sie ihre Familie mit denen türkischer Freundinnen verglich; ob sie es allerdings dulden würden, dass Yeşim mit ihren knapp vierzehn Jahren mit einem fast zwei Jahre älteren Jungen ging, bezweifelte sie.

Sonja ahnte wohl etwas, war aber vermutlich neidisch, da eigentlich sie es gewesen war, die auf der Party einen Jungen, Niklas, aus der neunten Klasse ihrer Schule erobern wollte; den hatte ihr allerdings ein beiden unbekanntes Mädchen weggeschnappt. Während Sonja sich darüber gegrämt hatte, war Yeşim mit Kevin, einem Freund von Niklas, ins Gespräch gekommen. Beide teilten eine Vorliebe für Krimis und Black Stories und hatten teilweise auch den gleichen Musikgeschmack. Auf der Party hatten sie Blues getanzt und sich auch einmal geküsst, wenn auch mehr aus Spaß.

Dass Kevin allerdings tatsächlich Yeşim nochmals angerufen hatte und sie wieder sehen wollte, hatte sie selbst überrascht. Die Worte ‚Ich liebe dich' hatte er zwar nicht gebraucht, aber immerhin, er schien sie ebenfalls zu mögen und das reichte, um Yeşims Teenagerherz zu beflügeln. Gut gelaunt und ohne an das Geschehene zu denken lief sie, die Musik aus dem MP3-Player mitsummend, die Straße entlang zur Bushaltestelle. Der Bus war überfüllt, doch das war sie gewohnt.

Drei Stationen später stieg sie aus und erkannte auch in der Dunkelheit leicht Kevin unter den anderen, die unter der Überdachung des U-Bahnhofs Maximilianstraße herumstanden. Auch er hatte sie gesehen. Die Jugendlichen begrüßten sich mit einer Umarmung und flüchtigem Küsschen auf die Wange.

„Stark, dass es noch geklappt hat", sagte Kevin. „Wo warst du eigentlich die ganze Zeit?"

„Bei den Bullen, wie ich dir gesimst hab."

„Bei den – hast du was angestellt?"

„Nö, was denkst du von mir. Die Sonni hat einen Typen zusammenklappen sehen – gerade, als du mich das erste Mal angerufen hast, mitten auf dem Christkindlesmarkt. Da hab ich sie aus den Augen verloren und sie hat mich nicht angerufen. Erst viel später hab ich sie erreicht – und da war sie bei den Bullen, weißt schon, in der Theresienstraße, weil sie selber zusammengeklappt ist – der Typ war sofort tot."

Kevin musste zweimal nachfragen, bis ihm klar wurde, was passiert war. „Sofort tot – und plötzlich zusammengeklappt, sagst du?"

„Sagt die Sonni – ich war ja selber nicht dabei."

„Scheiße!" Er drehte sich um.

„Was ist los mit dir?"

„Nicht so wichtig. – Lass uns ne Cola trinken gehen und dann runter zur Pegnitz! Was meinst du?"

„Gern. Aber irgendwas ist los mit dir. – Klar, ein Toter, das ist schlimm!"

„Klar ist das schlimm", antwortete Kevin scheinbar teilnahmslos. „Aber so etwas gibt es, leider!"

Obwohl er sich Mühe gab, es zu überspielen, merkte Yeşim, dass ihm die Sache näher ging.

Onkel Arno

Yeşim und Kevin tranken an einem Imbissstand Cola und teilten sich eine Lahmacun mit Schafskäse sowie eine Portion Süßigkeiten. Sie unterhielten sich über belanglose Dinge, die Schule, das Kinoprogramm, Yeşims Bruder Hakan, mit dem sie eine Hassliebe verband – die Geschwister hielten zwar normalerweise Geheimnisse vor den Eltern, verlangten dafür allerdings Geld voneinander – und Kevins Stiefvater und Stiefschwester, die er beide verabscheute.

Schließlich zahlten sie und gingen in die Dunkelheit hinaus durch die spärlich beleuchtete Mannertstraße in Richtung Fluss.

„Weißt du, dass das hier die längste Straße von Nürnberg ist?", fragte Kevin.

„Klar, wenn du hier rein kommst, kommst du manchmal erst nach Jahren wieder raus – also lieber auf der linken Seite gehen, rechts bleiben die Leute zu lange!" Yeşim wies mit ihrem Finger auf die Mauer des Gefängnishofes.

Kevin gab ihr einen Ohrstöpsel und sie hörten gemeinsam Musik aus seinem MP3-Player. Schweigend gingen sie nebeneinander her, überquerten die Reutersbrunnenstraße und stiegen einen steilen Trampelpfad zur Pegnitz hinunter. Yeşim, die den Pfad nicht kannte, hatte Bedenken, doch Kevin bot ihr seinen Arm und half ihr die Böschung hinunter.

„Richtig unheimlich, wenn es dunkel ist und kaum Leute hier!", stellte Yeşim fest. „Hier könnten sich jede Menge Verbrecher verstecken."

„Wär mir zu gefährlich, wenn ich ein Verbrecher wär – so nah am Knast. Komm, die Verbrechen passieren in der Stadt. Was meinst du, was man zurzeit dort erbeuten kann? Bei dem Gedränge am Christkindlesmarkt!"

„Stimmt. – Gäbe übrigens ne gute Black Story ab: Ein Mann geht auf den Christkindlesmarkt, bricht mitten im Gedränge zusammen und ist sofort tot. Was ist passiert?"

„Nicht schon wieder!"

„Komm, Kev, rat mal!"

„Hat der Tod was damit zu tun, dass Christkindlesmarkt ist?"
– „Ja!"

„War der Tote ein Budenbesitzer?" – „Nein."

„Und was jetzt? Wenn wir zu zweit spielen, können wir schlecht wechseln?"

„Wir können doch weitermachen bis jemand zehn Nein hat oder so."

„Lass uns lieber, wenn, dann eine andere Black Story machen, okay, Ye?"

„Also stört dich irgendwas da dran?", hakte Yeşim nach. „Du hast ja vorhin schon ausgeschaut, als ob du gleich flennen würdest – sorry!"

„Ich? Flennen?", antwortete Kevin empört.

„Sorry, ich wollte dich nicht beleidigen." Nach einer Pause fügte sie hinzu: „Aber ein bisschen neugierig bin ich schon."

„Okay, wenn du's genau wissen willst: Letztes Jahr ist so was Ähnliches in Fürth passiert, weiß nicht, ob du's mitgekriegt hast – und der Tote war ein Onkel von mir."

„Au Mann, das tut mir leid!" Yeşim umarmte ihn.

„Herzanfall, hat der Polizeiarzt gesagt. Aber ich glaub' das nicht. Der Onkel Arno war nicht herzkrank. Klar, er hat geraucht, er hat ziemlich viel Stress gehabt, gerade vor Weihnachten, klar, aber er hatte ne Kondition wie ein Bär. Der ist mit dem Fahrrad Berge raufgekommen, da hab ich sofort aufgegeben und auch mein Cousin Marcel, also sein Sohn, ist ihm nicht nachgekommen und der ist drei Jahre älter als ich und voll gut in Sport."

„Meinst du, sie haben ihn umgebracht?"

„Ja. Und die Tante Iris, also seine Frau, meint, dass die Bullen das auch glauben – bloß beweisen kann man's nicht."

„Wer macht so was? Die Mafia?"

„Kann sein. Ich hab das Gefühl, die stecken da ziemlich mit drin bei den Weihnachtsmärkten."

„Wie's in der Provinz ist, weiß ich nicht", antwortete Yeşim, den Blick nach Westen in Richtung Stadtgrenze gerichtet, „aber in Nürnberg ist das noch untertrieben – die stecken nicht drin, das **ist** die Mafia, sag ich dir."

„Erfahrungen gemacht?"

„Meine Eltern haben mal einen Stand beantragt – sie haben ein Obstgeschäft und verkaufen auch viele getrocknete Früchte, Feigen, Datteln, Pflaumen und so, und viel Süßigkeiten. Aber no chance! Da hängen Familien drin, die da das Sagen haben und die auch bei der Stadt ihre Connections haben. Letztes Jahr hat Papa gesagt, wenn er die ganzen Gebühren zahlen und die ganzen Bedingungen erfüllen wollen hätte, die sie verlangt haben, hätt er fünf Euro oder mehr für eine Tüte Mandeln oder einen Kranz Feigen verlangen müssen – vorausgesetzt, er hätte alles verkauft, was er dann nie geschafft hätte. Dieses Jahr hat er's, glaub ich, gar nicht probiert. Die Platzhirsche verkaufen billiger, klar, aber die müssen auch nicht Irrsinnsgebühren zahlen, damit ihnen jemand den Platz überlässt und kriegen keine Wahnsinnsauflagen von der Stadt, weil die kennen genug Leute, dass sie das nicht müssen."

„In Fürth kommst du, glaub ich, noch eher rein. Mein Onkel war letztes Jahr zum ersten Mal auf dem Weihnachtsmarkt – er hat, hatte, eine Konditorei. Aber klar, dass da Leute abkassieren wollen – aber die sind zu schlau, als dass du das je rauskriegst."

„Klar, die haben Vitamin B überall."

„Und da hat halt ein kleiner Konditormeister wenig Chancen, wenn er kein Schutzgeld zahlt – und ein kleiner türkischer Obsthändler auch nicht und ist vielleicht besser dran, wenn er gar nicht reinkommt. – Okay, Themawechsel, jetzt endgültig!" Er zog eine große Tüte Gummibärchen aus seiner Anoraktasche und hielt sie Yeşim hin. Die zögerte kurz. Eigentlich wollte sie ja abnehmen und hatte an diesem Tag schon genügend Süßigkeiten gegessen, aber... Sie griff zu.

Oberkommissar Kröber saß kaum an seinem Schreibtisch, als das Telefon klingelte.

„Hier Beck. Kommen Sie sofort!", hörte er die Stimme des Polizeipräsidenten. Er schnaubte. Seinen Vorgesetzten hielt er für einen ahnungslosen Wichtigmacher, dessen einziges Talent darin bestand, sich sowohl bei den schwarzen Obrigkeiten des

Bayrischen Innenministeriums als auch bei den überwiegend roten der Stadt Nürnberg einschmeicheln zu können.

Polizeipräsident Beck war ebenfalls übel gelaunt: „Geht es nicht etwas diskreter?", fragte er scharf und hielt Kröber die neue Ausgabe des 7-Uhr-Blattes unter die Nase. „MORD AUF DEM CHRISTKINDLESMARKT?" lautete die Schlagzeile. Auf dem Bild war der Stand der Ostermanns mit Polizeiabsperrung zu sehen. „Der Direktor des Tourismusamts hat sich schon beschwert – Kröber, der Christkindlesmarkt ist die größte Attraktion, die wir haben und die Stadt braucht dringend Geld. Was meinen Sie, wie das auf Touristen wirkt?"

„Ich hab diesen Schmierfinken nichts gesagt", antwortete der Kommissar. „Und wie soll man *diskret* ermitteln, wenn es mitten im Gedrängel einen Toten gibt? Klar, dass es auffällt, wenn die Polizei absperrt, aber anders geht es halt nicht."

„Wie dem auch sei: Passen Sie auf! Schlechte Schlagzeilen sind das Schlimmste, was uns momentan passieren kann – die Stadt braucht jeden Cent, das wissen Sie."

Kröber brummte, solange die Stadt es sich leisten könne, dass beim U-Bahn-Bau die Straße fünfmal aufgerissen und wieder zugeschüttet würde, habe sie wohl noch genug Geld.

„Lenken Sie den Verdacht also nicht gleich auf Mord – das passt nicht zur süßen Weihnachtszeit", mahnte ihn sein Vorgesetzter. „Und vor allem: Nichts an die Presse! Ich werde offiziell vermelden lassen, dass es ein Unfall war."

Genervt ging er zurück in sein Büro, wo seine Kollegin Peters schon fleißig bei der Arbeit war.

„Ich bin schon mal angefangen, mir die Akten zu dem Fall in Fürth im letzten Jahr anzusehen", informierte sie ihn.

„Sie sind nicht angefangen, Sie haben angefangen. Und die Westvorstadt heißt nicht Führt, sondern Fürth, mit kurzem ü." Meistens verbesserte sie ihn, wenn er Dialekt sprach und so genoss er es, wenn sie einmal Fehler machte.

„Ist jetzt egal. Die Kollegen haben damals festgestellt, dass auffällig viele Standbesitzer auf dem Weihnachtsmarkt in *Fürth*" Sie betonte den Namen mit dem fränkischen, kurzen ü – „ teure Reparaturen an ihren Autos hatten."

„Weiter kein Wunder. Letzten Winter hat es ja anständig geschneit – klar, da passieren Unfälle."

„Ist möglich. Ich werde das jedenfalls Mal überprüfen."

„Wenn's Ihnen Spaß macht! – Horchen'S: Wenn wirklich da unsaubere Geschäfte laufen, dann haben die das bestimmt so hingedeichselt, dass bei den Werkstätten nichts zu finden ist."

„Und was wollen **Sie** dann machen?"

„Erst einmal rauskriegen, wer der Tote überhaupt ist. Oder gibt es Vermisstenanzeigen?"

„Nee. Noch niemand."

„Wenn überhaupt, dann kriegen wir was raus, indem wir verdeckte Ermittler auf die Standbesitzer ansetzen. – Ganz im Vertrauen, Frau Kollegin: Ich kann mir gut vorstellen, dass da Schutzgelder fließen. Ob sie mit unserem Fall was zu tun haben, weiß ich nicht und bis wir was rauskriegen, dauert es."

Er rief seinen Freund Klaus Denzer vom Ordnungsamt an. Der bestätigte, was Kröber schon vermutet hatte: Der Christkindlesmarkt war fest in der Hand einzelner Schaustellerdynastien. Ob Geld geflossen sei, wusste Denzer nicht.

„Hm, vielleicht wissen unsere V-Leute bei der Russenmafia was", sagte Kröber halblaut zu sich selbst, nachdem er aufgelegt hatte.

„Dachte ich auch schon", hörte er Kommissarin Peters' Stimme. „Das Abkassieren ist ja absolut in russischer Hand."

Oberkommissar Kröber öffnete die Datei, in der Daten der russischen V-Männer gespeichert waren. „Dazu passt auch, dass der Tote keine Papiere hatte – sie nehmen ihren Killern und sonstigen Lakaien meistens die Papiere und alles, woran man sie erkennt, weg, sobald die nach Deutschland kommen – so kann keiner von denen singen und so tappen wir im Dunkeln, wenn wir ausnahmsweise mal wen erwischen. – So steht's im Bericht vom Vadim."

„In Vadims Bericht", revanchierte Birgit Peters sich. „Vergessen Sie das Foto nicht. Wenn wir Glück haben, kennt einer unserer V-Leute den Toten."

„Richtig. *Wenn* wir Glück haben."

Yeşim Cokbudak hatte eine unruhige Nacht verbracht. Kevin hatte sie am Vorabend noch heimbegleitet, war aber auf ihre Bitten hin eine Ecke vor dem Haus, in dem ihre Familie wohnte, verschwunden.

Der Fall hatte ihren kriminalistischen Spürsinn geweckt: Wie konnte man nur herausfinden, wer Kevins Onkel ermordet hatte? Gab es Fingerabdrücke? Sie verwarf den Gedanken. So dumm, an so etwas nicht zu denken, war kein echter Polizist, nur Herr Grimm in Enid Blytons Geheimnis-Reihe, die sie im Grundschulalter verschlungen hatte, inzwischen aber für Kinderkram hielt. Konnte es in der Wohnung von Kevins Onkel etwas geben, was auf den wahren Täter hindeutete? – Das schon eher. Vermutlich hatte die Polizei die Wohnung zwar durchsucht, aber sie wusste aus Erfahrung, welche Schätze plötzlich dort auftauchten, wo niemand sie erwartete. So hatte Hakan einmal einen Anhänger von ihr im Keller gefunden – sie konnte sich das nur so erklären, dass ihr die Kette genauso aufgegangen war, dass der Anhänger in den Vorratskorb gefallen war, jemand diesen in den Keller getragen und dort versehentlich das Schmuckstück mit den leeren Flaschen und sonstigen Dingen, die nicht ständig gebraucht wurden, weggelegt hatte.

Da sie lange wachgelegen war, fiel es ihr am Morgen schwer, aufzustehen. Sie schlief wieder ein und erschrak, als ihre Mutter nochmals in ihr Zimmer kam und sie auf die Uhr sah. Sie musste sich beeilen. Hastig wusch sie sich, zog sich an und frühstückte, wobei ihre Mutter sie ermahnte, nicht so zu schlingen. Sie ließ ihre Teetasse halbvoll, als sie zurück in ihr Zimmer lief – ungeschminkt in die Schule zu gehen, war in ihren Augen ein Unding.

Als sie sich endlich gestylt hatte, stellte sie fest, dass sie nur noch wenige Minuten hatte, bis der Bus fuhr. Sie zog ihren Anorak über, rannte aus der Wohnung, schlüpfte in ihre Stiefel, in die sie ihre Hose nur notdürftig stopfte und rannte los. Gerade als sie zur Bushaltestelle kam, fuhr das rot-weiße Gefährt ab.

Sie stieß eine lange Reihe türkischer und deutscher Flüche aus. Sie war vor drei Wochen zum letzten Mal zu spät gekommen, ausgerechnet bei Krisch, dem Pünktlichkeitsfanatiker der Schule – und genau den hatte sie wieder in der ersten Stunde. Andere kamen regelmäßig zu spät und ihnen passierte nichts, da die jeweiligen Lehrer noch später kamen.

Krisch beließ es bei der Bemerkung, beim nächsten Mal sei eine Nacharbeit fällig. Ansonsten verlief der Vormittag ereignislos. Sonja und Yeşim waren inzwischen geübt darin, während des Unterrichts so zu kommunizieren, dass es ihren Lehrern nicht auffiel – die hatten ohnehin genug mit den Jungen zu tun, die mit Papierkugeln schmissen oder beim Schaukeln mit den Stühlen laut genug die Lehne gegen die Tischplatte ihres Hintermanns krachen ließen.

In den Pausen stand Kevin leider mit Jungen zusammen, die auch mit Hakan befreundet waren, weshalb Yeşim es bei einem ‚Hallo!' beließ, auch wenn es ihr schwer fiel. Das Geld, das Hakan fürs Dichthalten sicher verlangt hätte, wollte sie lieber anders verwenden.

Am Nachmittag hatte sie neben Hausaufgaben noch Schwimmtraining, sodass ihr erst, als sie abends nach Hause fuhr, auffiel, dass Kevin mehrmals auf ihr Handy gesprochen hatte. Nachdem sie sich von Sonja verabschiedet hatte, musste sie noch ihrem Bruder helfen, die Schachteln und Tüten mit dem Gebäck, das Tante Emine wie jeden Dienstag und Donnerstag gebacken hatte, ins Geschäft der Eltern zu bringen und dort so zu verstauen, dass sie am nächsten Tag appetitlich aussehen würden. Dafür durften Yeşim und Hakan die nicht verkauften Plätzchen vom Dienstag aufessen.

Sie achtete darauf, dass ihr Bruder sie nicht übervorteilte, hängte ihren Bikini und ihr Badetuch ordentlich zum Trocknen auf und ging in ihr Zimmer, wo sie sofort Kevins Nachrichten las und abhörte.

Nicht nur schrieb er, wie sehr er sie vermisste, er berichtete auch, dass er seiner Tante hatte helfen müssen und zufällig genau zu dieser Zeit die Polizei in der Konditorei war. Darüber wollte sie unbedingt mehr wissen!

Es kostete sie Überwindung, dem Ruf der Mutter, dass Essenszeit sei, zu folgen, statt sofort ins Internet zu gehen und mit Kevin zu chatten.

„Das Geschäft Arno Blechschmidts wurde nie durchsucht", stellte Kommissarin Peters fest. „Hier heißt es nur ‚keine auffälligen Geldbewegungen, keine Fingerabdrücke am Stand hinter der Theke, außer denen Blechschmidts selbst, seiner Frau, seines Sohnes und einer Verkäuferin."
„Tja, der Kollege Beringer war eben nicht so preußisch-gründlich wie Sie", kommentierte ihr Vorgesetzter sarkastisch.
„Mir scheint eher, da spielen andere Dinge eine Rolle. Genau bis zum 3. Januar gibt es regelmäßige Einträge, ab dem 4. Januar nichts mehr, aber erst am 29. Januar wurde der Fall als ungelöst vermerkt."
„Ist ihm oder dem Kollegen Klein nach dem 4. Januar eben nichts mehr eingefallen, was sie noch machen könnten."
„Na ja, es gab damals ja wohl auch einen Verdacht und den V-Mann zur Russenmafia kennen ja wohl nicht nur Sie."
„Frau Kollegin, V-Leute kennen nie allzu viele. Klein hat zwei andere V-Leute in der Russenmafia, die er betreut – ich kenn' nur die Namen und die Gesichter, mehr nicht."
„Egal. Er hatte sie jedenfalls nicht kontaktiert."
„Wollen Sie das jetzt? Die werden Ihnen genau nichts sagen."
„Vielen Dank für die Information! Ich überlasse Ihnen den Kontakt zu ihrem V-Mann und werde mich nochmals in dieser Konditorei umhören. Mit Klein können wir im Moment nicht sprechen."
Kommissar Michael Klein lag nach einem schweren Skiunfall in Salzburg im Krankenhaus. Zwar war er nicht mehr im Koma, doch konnte er immer noch nicht nach Nürnberg transportiert werden, geschweige denn, dass mit ihm ein normales Gespräch möglich gewesen wäre.

Birgit Peters erreichte die Witwe Blechschmidts zwar, die bat aber darum, es kurz zu machen. Die Kommissarin fuhr nach Fürth, sprach dort mit Frau Blechschmidt, zwei Verkäuferinnen und einem Küchenhelfer. Weder die Chefin selbst noch ihre Angestellten konnten sich erinnern, dass der Besitzer vor seinem Tod den Eindruck gemacht hatte, unter Druck zu stehen.

„Klar, Weihnachten ist immer was los, und letztes Jahr besonders, weil wir zum ersten Mal am Weihnachtsmarkt waren", sagte eine Verkäuferin. „Klar war der Chef nervöser wie sonst, ist wegen Sachen gleich sauer geworden, die er normal durchgehen hat lassen, aber aufgefallen – nein."

Frau Blechschmidt bat die Kommissarin darum, die Gespräche in einem Hinterzimmer zu führen, damit die Kundschaft nichts mitbekomme. Auch sie wusste nichts davon, dass ihr Mann bedroht worden war. „Aber eins sag ich Ihnen: Den ham's umgebracht", schloss sie. „Und noch eins sag ich Ihnen: Ihr Kollech, der Herr Beringer oder so, der hat erst hier jeden Winkel durchgeschaut und dann nach ein paar Tagen getan, wie wenn er sich an nix erinnern könnt'. Da war was ned sauber."

In diesem Moment steckte ein Junge mit hochtoupierten, braunen Haaren seinen Kopf durch das Fenster vom Hof her: „Bin dann fertig, Tante Iris!"

Die Konditorin nahm ihren Geldbeutel und zog einen Schein heraus. „Dank dir!" Sie wandte sich an die Kommissarin: „Mein Neffe Kevin – hilft mir ab und zu das Lager ausräumen."

Kommissarin Peters sah, wie der Junge in einem Prospekt blätterte. Sie erkannte, dass es sich um die Werbung einer Zweiradfirma handelte. So eine Maschine hatte – nein, sie wollte nicht daran denken!

„Kann ich Ihnen auch ein paar Fragen stellen?", rief sie durch das Fenster. „Kriminalpolizei."

Der Junge trottete zur Tür und kam herein. „Muss ja wohl", antwortete er muffelig.

Er nahm den Prospekt mit und setzte sich an den Tisch.

„Sie interessieren sich für Motorräder?", versuchte die Kommissarin einen Einstieg.

„Sie können mich ruhig duzen. Ja, schon, im Moment hab ich noch nicht genug Geld, aber wenn ich nächstes Jahr nen guten Job krieg, will ich mir ne 80er zulegen. Hier die Yamaha vielleicht."

„Yamaha ist bei 80ern nicht so gut. Bei schweren Maschinen ja, aber bei leichten rate ich dir eher zu Hercules oder Honda."

„Kennen Sie sich aus mit Motorrädern?", fragte Kevin interessiert.

„Ja, ich fuhr selbst einige Jahre – aber man wird ja älter, vorsichtiger und bequemer." Sie bemühte sich, einen gleichmütigen Gesichtsausdruck zu wahren.

Immerhin funktionierte der Einstieg. Der Junge kannte sich tatsächlich einigermaßen aus und wollte vielleicht sogar Zweiradmechaniker lernen.

Nach einigen Minuten Geplauder kam die Kommissarin zu ihrem eigentlichen Anliegen: „Hast du hier auch schon mitgeholfen, als dein Onkel noch gelebt hat?"

„Ja, freilich, warum? Da fällt immer Arbeit an – und der Onkel Arno hat ganz großzügig bezahlt; die Tante Iris auch, obwohl sie manchmal jammert wegen Geld."

„Und was machst du hier?"

„Alles halt, was nicht unbedingt zu einer bestimmten Zeit passieren muss – so wie Lager ausräumen eben, leere Kartons in den Container, Müll sortieren, gelbe Säcke rausbringen, was halt so anfällt."

„Ist dir um Weihnachten letztes Jahr irgendetwas aufgefallen?"

Der Junge überlegte. „Nein, eigentlich nicht", sagte er schließlich. „Halt, doch. – Aber das hat meine Tante bestimmt Ihren Kollegen schon gesagt."

Die Mafia

„Was meinst du?", fragte die Kommissarin.

„Als wir nach Weihnachten ausgeräumt haben, war da eine ganze Palette mit Zuckertüten. Die Tante Iris hat nichts davon gewusst – nur eine Verkäuferin hat sich erinnert, dass der Onkel Arno gesagt hat, dass die alle schon abgelaufen waren, wie sie sie geliefert haben."

„Hm, davon habe ich noch nichts gehört oder gelesen." Birgit Peters verfluchte sich für diese unvorsichtige Bemerkung. Diesen Jungen ging die Polizeiakte ebenso wenig an wie irgendjemand anderen.

„Meinen Sie, das hat was mit dem Mord zu tun? Dass sie ihn umgebracht haben, weil er ihnen kein Geld zahlen wollte? Wenn so was öfter passiert ist?"

„Das kann ich mir nicht vorstellen. – Hör mal, noch wissen wir ja nicht, ob dein Onkel umgebracht wurde. Ich habe eine Vermutung, aber darüber möchte ich ungern sprechen."

Als sie ins Präsidium zurückkam, erfuhr sie von ihrem Vorgesetzten, dass dieser seinen V-Mann erreicht hatte. „Können Sie den genauer fragen, wie seine Kumpane bei Erpressungen vorgehen?"

„Kann sein", brummte Oberkommissar Kröber. „Alles weiß er auch nicht."

Kommissarin Peters berichtete von den Aussagen Kevins. Ihr Vorgesetzter hörte sich alles geduldig an, zeigte aber keine Regung und sagte nichts. Sie deutete das so, dass er sich ebenso unsicher war wie sie selbst: Dass ein Geschäft eine ganze Palette verdorbener Ware aufhob, statt sie zurückzuschicken, wunderte sie.

Die Aktendurchsicht ergab, dass ihre Kollegen nichts notiert hatten. Sie schrieb aus dem Gedächtnis zusammen, was der Junge ihr erzählt hatte und notierte sich, dass sie ihn noch verständigen musste, da sie seine Unterschrift brauchte – glücklicherweise hatte sie sich seine Adresse und auch seine Handynummer geben lassen – ob er bei seiner Aussage blieb.

Der zweite Tote des Vorjahres, ein Spielzeughändler, stammte aus der Gegend von Nördlingen, fiel also in den Bereich der Augsburger Kollegen. Eine Befragung der Witwe und eines Helfers sowie eine Durchsuchung des Standes hatten im Vorjahr nichts ergeben. Am 15. Januar war der Fall übergeben worden. Sie schrieb eine e-Mail an die Mordkommission im Polizeipräsidium Schwaben, in der sie um Weitergabe der Ermittlungsergebnisse am Wohnort des Toten bat.

Gegen neun Uhr abends gingen zwei Männer über die Große Straße auf den Kleinen Dutzendteich zu. Hier, wo einst die SS marschiert war und nun im Frühjahr und Herbst das Volksfest Massen anzog, während der Fußballspiele Autos parkten und ansonsten vor allem Skater und Fahrschüler unterwegs waren, hielten sich um diese Jahreszeit wenige Leute auf. Ein Beobachter hätte am ehesten vermutet, dass die beiden Männer in einer der Kneipen zwischen dem Dutzendteich, dem Frankenstadion und der Bahnlinie einige Biere getrunken hatten und nun auf dem Heimweg in Richtung der Wohnsiedlung an der Oskar-von-Miller-Straße, vielleicht auch denen am Hasenbuck oder am Rangierbahnhof waren. Der Ältere sprach fränkischen Dialekt, der Jüngere stammte hörbar aus Osteuropa.

„Du hast also nichts mit dem Weihnachtsgeschäft zu tun?", fragte der ältere Mann.

Der andere schüttelte den Kopf: „Leider nein. Nur die normalen Sachen. Aber man kann ganz gut davon leben."

„Schade. – Wie geht es eigentlich Mischa? Hat er wenigstens was davon?"

„Weiß nicht. Hab Mischa schon lang nicht mehr gesehen."

Der ältere Mann verzog das Gesicht. Er zündete sich eine Zigarette an und ging schweigend neben seinem Gesprächspartner her.

„Der Mann auf dem Foto ist also nicht Mischa?!", stellte er schließlich eher fest als er fragte.

„Nein. Aber ich kenn' ihn nicht." Dem Osteuropäer fiel etwas ein: „Übrigens, wenn wir bei Fotos sind: Das ist der

Schachspieler, von dem ich erzählt hab." Er zog sein Handy heraus und drückte unauffällig eine bestimmte Taste.

„Danke. Auch jemand von denen, die auf Weihnachten nach Nürnberg kommen?"

„Weiß ich nicht. Muss erst mit meiner Frau reden."

„Mist, mistiger!" Der ältere Mann, Kommissar Kröber, sah sich um, erschrocken über sich selbst und atmete leise auf, als er feststellte, dass niemand zugehört hatte. Zwar war es vorteilhaft, dass Vadim, der jüngere Mann, einen Mann der mittleren Ebene identifiziert hatte – „Guter Schachspieler" war das Tarnwort für mittlere und höhere Chargen, wobei die höchsten irgendwo in Russland auf ihren Datschen saßen und die Polizei ihrer Umgebung unter Kontrolle hatten – doch im vorliegenden Fall hatte der V-Mann nicht helfen können; im Gegenteil: Er hatte keinen Kontakt mehr zu Mischa – dem Codewort für die Bandenmitglieder im Allgemeinen – und er tat nur ‚die normalen Sachen', das hieß, im Auftrag von Gläubigern, die ihr Geld schneller wieder haben wollten als der Rechtsweg funktionierte, deren Schuldner zu bedrohen. Das bedeutete, dass zu befürchten stand, dass Vadim von seinen Komplizen als V-Mann verdächtigt wurde.

Während Oberkommissar Kröber seiner Wohnung im Nibelungenviertel entgegenging, fand folgender Chat statt:

Yeah-shim: eine ganze palette? o_O

die-diagnose: ja, wieso?

Yeah-shim: Hätte papa sofort zurück geschickt. Ein zwei vergammelte passiert schon mal aber nicht alles

die-diagnose: meinst, die hätten das wieder genommen?

Yeah-shim: hundertpro. Sonst verlieren die ja ihre kunden, wenn die sich ärgern

Yeah-shim: und nur wenn dus gleich zurückschickst kriegst du geld wieder – du musst denen ja gleich beweisen dass das zeug abgelaufen war oder schlecht

die-diagnose: warum glaubst du hat mein onkel das aufgehoben?

Yeah-shim: ka – vll haben sie ihn da schon erpresst
die-diagnose: wie meinst du das?
Yeah-shim: hab mal was gelesen: die sagen dann, wenn ihr nicht zahlt kriegt ihr vergiftete sachen – und viele zahlen
die-diagnose: dann war das schon ne aktion von der mafia?
Yeah-shim: kann sein
Yeah-shim: mein bruder nervt hinter mir – will ran an die kiste
Yeah-shim: müssen langsam schluss machen
die-diagnose: ciao, schlaf gut, träum schön xxx
Yeah-shim: klar, am liebsten von dir – viiieele xxxs!!!
die-diagnose: ich hoff ich kann von dir träumen <3
Yeah-shim: ich meld mich nochmal – schlimmstenfalls vom handy
Yeah-shim: ciao bis später!
die-diagnose: ich hab dich lieb! <3
Yeah-shim: ich dich auch *knutscher* <3
Yeah-shim ist offline

Einige Zeit saß Kevin ungeduldig vor seinem Notebook und hoffte, dass Yeşim ihr Versprechen halten und sich nochmals rühren würde. Danach fiel ihm etwas ein: Sein Notebook hatte einst seinem Onkel gehört; nachdem seine Tante die für sie wichtigen Daten gesichert hatte, hatte sie es seiner Mutter verkauft und die hatte es Kevin zum Geburtstag geschenkt.

Nicht alle Daten seines Onkels waren gelöscht und manche Dateien ließen sich vielleicht auch wiederherstellen – Kevin selbst hatte es zwar nur einige Male gemacht, aber sein Freund Max war ein echter Freak, der so etwas sicher beherrschte.

Es gelang Kevin an diesem Abend nicht mehr, zu erkennen, ob es sich lohnte, eine Datei wiederherzustellen, aber er fand zwei Bilder in einem Ordner, die mit Sicherheit nicht er eingestellt hatte. Das eine zeigte seine neunjährige Cousine Janine, das andere ein ihm, Kevin, unbekanntes Mädchen etwa im gleichen Alter, das fast nackt auf einer Couch lag. Er erschrak: Sollte sein Onkel mit Kinderpornos zu tun gehabt haben?

Den Gedanken verwarf er allerdings wieder: Wäre es so gewesen, wäre es unwahrscheinlich, dass ausgerechnet ein einziges Bild übrig geblieben wäre. Vermutlich hätte er dann alle entsprechenden Bilder in einen Ordner gespeichert, den er entweder zu Lebzeiten komplett gelöscht oder den Tante Iris gefunden hätte. Dennoch erzählte Kevin zunächst niemandem, nicht einmal Yeşim, von seinem Fund.

Von Max ließ er sich am nächsten Tag ausführlich erklären, wie man Programme wiederherstellte. Er nahm auch sein Notebook mit zu Max und sie probierten es dort gemeinsam; lediglich die Fotos versteckte Kevin und Max war fair genug, die versteckten Dateien nicht anzeigen zu lassen.

Die meisten Dateien, die zum Großteil wiederhergestellt werden konnten, waren gewöhnliche Geschäftsmails und Anlagen, die Kevin weniger interessierten. Ein Einspruch gegen einen Steuerbescheid, mehrere Bestellungen, einige Werbeanzeigen, eine Adressensammlung mit dem ihm unbekannten Titel ‚ADHS-Syndrom' – Kevin sah beim flüchtigen Darüberlesen etwas von ‚Mädchen oft verträumt' und erinnerte sich, dass Tante Iris ab und zu geklagt hatte, Janine lebe in einer anderen Welt. Auch er selbst fand sie zurückgeblieben.

In welchem Zusammenhang die beiden Fotos gestanden waren und ob sie überhaupt etwas miteinander zu tun hatten, brachte Kevin nicht in Erfahrung.

Auch die Polizei kam in den nächsten Tagen nicht weiter. Die Antwort der Augsburger Kollegen erbrachte, dass der ermordete Händler, ein gewisser Walter Meitinger, zwar Drohbriefe bekommen hatte, dies war allerdings nach Wissen der Witwe lange vor der Adventszeit 2010 der Fall gewesen.

Kommissarin Peters ertrug es nicht, auf der Stelle zu treten und schlug vor, sich bei allen Budenbesitzern umzuhören. Bei ihrem Vorgesetzten stieß die Idee auf wenig Gegenliebe: „Die haben momentan bestimmt wenig Zeit und Lust, sich mit uns zu unterhalten. Wer was anzeigen wollen hätt', der hätt' das schon gemacht", meinte Oberkommissar Kröber. „Wenn sich einer nicht traut, können wir ihn nicht zwingen – und wir können auch nicht alle Stände einzeln überwachen. Was meinen Sie, wie viel Stände es gibt und wie viel Leute jeden Tag da unterwegs sind?"

„Das weiß ich. Ich bin nicht mehr ganz neu in Nürnberg", antwortete die Kommissarin mehr resigniert.

Einige Zeit später jedoch hatte sie eine Idee: Sie fragte ihren Vorgesetzten, was aus Hauptkommissar Beringer geworden war, der damals nicht nur den Fall Blechschmidt geleitet hatte, sondern auch der Mordkommission Mittelfranken insgesamt vorgestanden war.

„Das wissen Sie nicht?", fragte Hans Kröber überrascht. „Den haben wir praktisch gegen Sie getauscht. Der ist jetzt in Regensburg."

Nun war es an ihr, überrascht zu sein: „In Regensburg? Der Chef der Mordkommission dort heißt Tuschl und ist noch nicht so alt, dass er schon pensioniert worden sein könnte."

„Ich hab nicht gesagt, dass er bei der Mordkommission ist. Er ist beim Betrug."

„Beim Betrug? Aber warum schicken sie einen Mordspezialisten zum Betrug?"

„Frau Peters, wie lange sind Sie schon bayrische Beamtin und glauben immer noch, dass Entscheidungen von denen in München einen Sinn haben?"

Immerhin bestand Hoffnung: Falls Beringer ihr selbst keine Auskunft geben können oder wollen sollte, kannte sie auch Wolfgang Hölzl aus der oberpfälzischen Betrugskommission recht gut. Wie sie selbst einstmals war er leidenschaftlicher Motorradfahrer – nein, daran wollte sie nicht mehr denken! Ihre Anrufe in Regensburg verliefen, wie sie gedacht hatte. Beringer gab nur lapidar Auskunft, die Ermittlungen seien aus Mangel an Indizien eingestellt worden. Von der weggeworfenen Palette Zucker wusste er nichts.

Wolfgang Hölzl und Birgit Peters' früherer Kollege in der Regensburger Mordkommission, Nico Wendler, versprachen ihr, sich unauffällig mit Beringer in Verbindung zu setzen. Bei der Weihnachtsfeier in Regensburg gab es traditionell genügend alkoholische Getränke, dass dem einen oder anderen Kollegen die Zunge lose wurde.

Hans Kröber suchte währenddessen die Daten der beiden seinem Kollegen Klein unterstehenden V-Leute heraus. Einer davon namens Mitja war, wie er wusste, unter anderem auch dafür eingesetzt, Vadim zu kontrollieren und umgekehrt, was beide keinesfalls wissen durften.

Jenen Mitja erreichte er schnell am Telefon und erhielt auch bald eine e-Mail von einem anonymisierten Server aus, worin Mitja schrieb, dass der Arm der Russenmafia, dem er angehörte, tatsächlich im Vorjahr am Fürther Weihnachtsmarkt aktiv gewesen war – allerdings nicht, um Schutzgeld zu erpressen, sondern um Protest gegen die Vergabepraxis zu unterbinden. Von einem Mord an einem der Geschäftsleute wusste er ebenso wenig wie davon, wer in Nürnberg ähnliche Dinge tat. Er konnte nur versprechen, sich unter Freunden umzuhören. Boris, den anderen V-Mann, erreichte Kröber an diesem Tag nicht. Er konnte höchstens noch im Wirtschafts- und Betrugsdezernat nachfragen, da die Kollegen dort sicher auch V-Leute und verdeckte Ermittler in die Russenmafia einschleusten. Da die Banden aber inzwischen in weitgehend unabhängig voneinander operierende Kleingruppen aufgeteilt waren, würde es auf jeden Fall schwierig sein, etwas herauszubekommen.

Der Samstag brachte für Yeşim eine freudige Überraschung: Kevins Mutter und Stiefvater waren zu einer Geburtstagsfeier in der Verwandtschaft des letzteren gefahren und würden erst spät abends nach Hause kommen; seine Stiefschwester Sandra wollte dies ausnützen, um den Tag bei ihrem aktuellen Freund zu verbringen, bei dem sie vielleicht auch übernachten würde. So hatte er sturmfreie Bude und war nur zu bereit, dies auch auszunützen.

Yeşim fuhr mit dem Fahrrad hin, da der Weg mit öffentlichen Verkehrsmitteln ziemlich umständlich gewesen wäre – zweimal umsteigen und einmal davon lange warten.

Sie gingen am späten Vormittag gemeinsam einkaufen, den Nachmittag verbrachten sie bei Kevin zu Hause, hörten Musik, spielten Computerspiele, lösten mehrere Black Stories, zwei gemeinsam im Internet und je eine, die sie sich gegenseitig stellten, unterhielten sich und genossen ganz allgemein ihre Zweisamkeit.

Später zeigte Kevin Yeşim auch die beidem Bilder.

„Die eine sieht echt aus, wie wenn sie wer auf'n Strich geschickt hätt'", kommentierte sie. „Traust du deinem Onkel so was zu?"

Kevin zuckte mit den Schultern: „Eigentlich nicht. Soviel ich mitbekommen hab, waren die Tante Iris und der Onkel Arno glücklich miteinander – aber du weißt ja: Verbrechern sieht man's nie an", gab er eine Krimiweisheit zum Besten.

„Warum gehst du nicht zur Polizei? Ich mein, selbst wenn, deinem Onkel kann ja nichts mehr passieren", schlug Yeşim vor.

„Ich weiß nicht – ich stell mir vor, was los wär', wenn er echt...Aber ich kann's einfach nicht glauben. Ein einziges Foto – das gibt keinen Sinn."

„Glaub ich auch nicht."

Am Nachmittag stellte Kevin fest, dass keine Limonade mehr da war. Er bot Yeşim an, sie könne in der Wohnung bleiben, doch die meinte, sie wolle auch „ein bisschen Luft schnappen".

Kaum waren sie aus dem Haus gegangen, fiel ihr ein Mann mit dunkelblondem Haar auf, der scheinbar lässig in einer Einfahrt stand. „Kennst du den?", fragte sie.

„Nö." Kevin überlegte: „Aber du hast Recht, der war gestern auch schon ewig hier herum gestanden."

„Heute früh, wie ich gekommen bin, nämlich auch. Später, wie wir dann aus der Stadt zurückgekommen sind, nicht mehr."

Als sie vom Supermarkt zurück zur Wohnung gingen, Kevin mit einem vollen Getränkekasten, Yeşim mit mehreren Tüten

Keksen und Gummibärchen in den Händen, sahen sie denselben Mann in einem Stehcafé am Straßenrand.

Gegen sieben Uhr verabschiedete Yeşim sich von Kevin: Sie hatte ihren Eltern nichts gesagt, dass sie nicht zu Hause essen und / oder abends weggehen wollte und hielt es für besser, erst heimzugehen und beim Abendessen die Lage zu sondieren.

Immer noch stand der Mann in der Nähe der Wohnung von Kevins Eltern. Dem Mädchen wurde langsam mulmig und sie beschloss, ihn zu testen: Sie ging erst zu ihrem Rad, er folgte ihr ein Stück bis er die nächste Straßenecke sah, doch kurz vor dem Laternenpfahl, an den sie ihr Rad geschlossen hatte, drehte sie abrupt um als ob sie vergessen hätte, etwas einzukaufen. Sie ging gemächlich in eine Seitenstraße, schaute auf die Prospekte des Reisebüros und durch die Scheiben des zu dieser Jahreszeit wegen des Rauchverbots in Kneipen spärlich besuchten Shisha-Cafés. Zwischendurch drehte sie sich möglichst unauffällig um und sah, dass der Mann hinter ihr her ging. Sie bog in die nächste, weit belebtere Straße ein und stellte fest, dass sie hier schon oft gewesen war, als sie Kevin noch nicht gekannt hatte: Hier befand sich eben jener Bazar, in dem es den ihrer Meinung nach schönsten Modeschmuck Nürnbergs gab und in dem sie die Ohrringe und einen der Armreifen, die sie derzeit trug, gekauft hatte. Nach einem kurzen Blick ins Schaufenster, wo diesmal eine Kette ihr Interesse weckte, versuchte sie die Tür und stellte fest, dass das Geschäft bereits geschlossen war. Als sie sich umdrehte, um zurückzugehen, sah sie, dass der Fremde telefonierte. Sie verstand zwar seine Sprache nicht, meinte aber, zweimal das Wort ‚Kevin' zu hören.

Ohne richtig zu wissen, warum sie es tat, zog sie ihr eigenes Handy aus der Tasche und begann, den Fremden zu filmen.

„Hey, hör auf damit!", befahl der Mann schroff.

Sie tat, als ob sie ihn nicht hörte.

Er steckte sein Handy ein und wandte sich ihr unmiss-verständlich zu. „Hör auf mich filmen! Lösche Video, sofort!"

„Warum?", fragte sie zurück. „Das ist mein Handy."

„Du kannst nicht fremde Leute filmen!"

„Warum nicht?"

„DARUM!"

Der Mann kam näher und ballte die Fäuste. Sie steckte ihr Handy ein und wollte weitergehen, als er nach ihrem Ärmel griff: „Lösch das Video, ich hab gesagt!"

Sie riss sich los. Er griff ein zweites Mal in ihre Richtung, doch sie wich aus. Nun schlug er zu, doch auch der Schlag ging ins Leere. Yeşim war sehr wendig, vor allem viel mehr als man es ihr bei ihrer etwas molligen Figur zugetraut hätte. Sie schlug ihrerseits zu und traf auch, doch der Mann schien den Schlag überhaupt nicht zu spüren.

Sie stellte sich ihm gegenüber, ihr Gewicht von einem Bein aufs andere verlagernd, um im richtigen Moment ausweichen zu können. Wegrennen erschien ihr die falsche Alternative: Eine sonderlich gute Sprinterin war sie nicht und außerdem konnte sie schlecht sehen, ob der Mann von hinten etwas auf sie warf. Dagegen traute sie sich durchaus zu, den Mann mit den Spitzen ihrer Stiefel ernsthaft zu verletzen, vor allem, wenn sie ihn an der richtigen Stelle traf.

Er versuchte, sie zu packen, sie wich aus und trat zu, doch der Mann hatte mitgedacht und blockte mit seinem linken Arm Yeşims Bein, bevor sie es überhaupt voll durchgestreckt hatte.

Er schlug erneut zu und traf sie leicht am Oberarm, was ihr durch ihre Winterjacke hindurch kaum wehtat. Nun bekam sie ihn bei den Hüften zu fassen und versuchte einen Wurf, doch die Tatsache, dass sie seit dreieinhalb Jahren kein Judo mehr betrieb, machte sich bemerkbar: Der Wurf gelang ihr nicht mehr so sauber, wie es nötig gewesen wäre, um Erfolg zu haben; ihr Gegner konnte sich befreien, sie an den Armen packen und durch seine große Kraft einen Moment von den Füßen reißen.

Sie kam zwar wieder zum Stehen, doch der Mann hielt sie nun von hinten im Polizeigriff: „Eigentlich ich kämpfe nicht gern mit Mädchen. Sei gut und gib mir dein Handy oder lösch das Video! Ist es für dich und mich besser."

Der erste Gefangene

„Ey, hast du Probleme oder was? Lass sofort meine Schwester los, du Schwein!"

Yeşim war noch nie in ihrem Leben so froh gewesen, die Stimme ihres Bruders Hakan zu hören.

Der Mann, der sie angegriffen hatte, war zunächst irritiert und lockerte seinen Griff. Dies nutzte sie aus, um mit ihrem Ellenbogen in seinen Bauch zu stoßen und mit ihrem Fuß nach hinten auszuschlagen. Ein spitzer Schrei sagte ihr, dass sie diesmal mit ihrem Absatz richtig getroffen hatte. Der Mann ließ sie los und krümmte sich, während Hakan sich auf ihn stürzte, ihn zu Boden schleuderte und ihn in den Würgegriff nahm.

„Das ist für dich! Und das auch!" Er nahm die rechte Hand vom Hals des Fremden weg, packte ihn mit der linken und schlug ihn mit der rechten Faust erst ins Gesicht, dann in den Bauch. „Und wenn du nicht sofort verschwindest, steig ich dir in die Eier und zwar so, dass sich keine Frau mehr vor dir fürchten muss, kapito?!"

„Hey, was is'n das? Wer lässt denn da sein Fahrrad einfach auf der Straße liegen?", bellte ein Autofahrer.

„Nur die Ruhe!", gab Hakan zurück, stand auf und holte sein Rad, während der Mann, der leicht blutete, sich ebenfalls aufrappelte und verschwand.

„Wenn ein Mädchen vergewaltigt wird, schauen sie zu, aber wehe sie kommen mit ihren Kisten nicht vorwärts", brummte Hakan mehr zu sich selbst.

„Er hat mich nicht vergewaltigt", widersprach Yeşim.

„Weil ich gerade noch richtig gekommen bin, zum Glück. Mensch, Gott sei Dank!" Er umarmte sie. „Ich hab echt nen Schrecken gekriegt. Erst hör ich euch schreien, seh', da greift einer ein Mädchen an und dann warst das du! Mensch Meier! – Aber den Tritt nach hinten hast du sauber hingekriegt."

„Du den Wurf aber auch – im Gegensatz zu mir vorhin."

„Ich hab auch mehr Übung. – Tja, Yeşim, entweder du fängst wieder Judo oder was anderes an oder du treibst dich nicht mehr im Dunkeln allein rum."

„Sag das mal unseren Eltern!" Yeşim wollte eigentlich, wenn überhaupt, eine härtere Kampfsportart anfangen, doch ihre Mutter hielt das für zu gefährlich für Mädchen, zumal der Vater vor Kurzem auch Hakan vom Karatekurs abgemeldet hatte – da dessen Noten wieder einmal im Keller waren, erlaubte der Vater nur eine Sportart und Hakan wollte auf jeden Fall noch den schwarzen Gürtel in Judo machen. So wurde Yeşim aus Gerechtigkeitsgründen auch nur eine Sportart erlaubt und die Wasserwacht wollte sie keinesfalls aufgeben.

„Soll ich es ihnen echt sagen? Und soll ich ihnen sagen, warum? Was meinst du, wie sie reagieren?"

„Dann lieber nicht!"

„Was krieg ich, wenn ich nichts erzähl'? Zwanzig?"

„Auf den Arsch? Gern!"

„Du willst was von mir, nicht umgekehrt!"

„Hab aber nur noch fünf Euro und ein paar Cent."

„Fünf Euro und die ganze Woche die Hausarbeiten machen ist auch ok."

Yeşim war wenig begeistert, doch Hakan ließ nicht mit sich diskutieren. So schlug sie schließlich ein.

„Was hast du überhaupt hier zu suchen? Wie heißt er denn?", bohrte er weiter.

„Fünf Euro und eine Woche Hausarbeiten, hast du gesagt."

„Komischer Name!"

„Wenn's dich interessiert: Ich wollte hier was kaufen und hab gedacht, die haben bis acht offen. War grad auf dem Weg zurück zu meinem Fahrrad."

„Dann gehen wir da gemeinsam hin."

„Muss nicht sein."

„Doch, muss sein. Ganz ernsthaft: Wir haben den Kerl gesehen und könnten zu den Bullen gehen. Darauf wird der keinen Bock haben. Wenn er aber seine Kumpels holt, bist du erledigt. – Ehrlich gesagt ist mir auch wohler, wenn du dabei bist, weil drei oder vier Typen können ohne weiteres mich vom

Fahrrad reißen, aber nicht so leicht uns beide gleichzeitig und wenn sie mich angreifen, kannst du mit deinem Handy immer noch die Bullen rufen."

So gingen sie gemeinsam die Straße entlang. In Hakans Gepäckkorb befand sich eine Tüte des üstel-Markts. Yeşim erinnerte sich, dass es hier in der Nähe nach Meinung ihrer Eltern das beste Hammelfleisch zu einem vernünftigen Preis gab.

Zu Hause stellte Yeşim fest, dass sie eine SMS hatte: „Wenn dich wer fragt – wir sind im Keller von der ev. Kirche. Euch viel Spaß! Knuddel, Sonni", las sie. Sonja hatte also irgendwie etwas mitbekommen und offensichtlich selbst etwas vor, was ihre Mutter nicht zu genau erfahren sollte. Die Idee war gut: Zu den zu Schulzeiten meist 14 tägig stattfindenden Jugendpartys im Keller des Gemeindezentrums der Dreieinigkeitskirche gingen Yeşim, Sonja und einige Klassenkameradinnen oft. Von der Wohnung der Cokbudaks aus waren es nur zehn Minuten zu Fuß dorthin und Yeşims Eltern kannten auch den Diakon, der dort für die Jugendarbeit verantwortlich war, da dessen Sohn mit Hakan in die Grundschule gegangen war und er oft sein Obst bei ihnen kaufte. So gab es darüber selten Diskussionen; auch an diesem Abend nicht.

Gleich nach dem Essen rief sie Kevin an, dass sie noch zwei Stunden weg durfte und erzählte ihm auch, was passiert war.

„Mensch! Du musst sofort zu den Bullen! Der Typ lässt dich nie mehr in Ruhe, solang er frei rumläuft", war seine Reaktion.

„Dann gehen wir aber gemeinsam hin", verlangte sie. „Ich mag ned allein und du musst ihnen ja auch noch was sagen."

Kevin zögerte etwas. Da es ihm aber wichtiger war, dass Yeşim ging, sagte er schließlich zu.

Auch zum Polizeipräsidium, in dem sich auch die Inspektion Mitte befand, brauchte sie nur gute zehn Minuten zu Fuß. Kevin erwartete sie bereits und begrüßte sie mit einem Kuss.

„Du machst Sachen, Ye! Ein Glück, dass dein Bruder da war!"

Gemeinsam gingen sie hinein und nannten der diensthabenden Polizistin ihr Anliegen. Zunächst wollte diese ihnen nicht erlauben, auch bei der Anzeige zusammen zu bleiben, doch schließlich gestattete sie es.

Der Polizist, der die Anzeige aufnahm, bedankte sich bei Yeşim: „Das könnte sehr wichtig für uns sein. – Aber du musst dir im Klaren sein, dass du ab jetzt gefährdet bist: Wenn das Gespräch, das du aufgenommen hast, wirklich wichtige Informationen enthält, bringt das einige Verbrecher in die Bredouille. Vielen Dank jedenfalls, dass du gleich gekommen bist – und auch für dich gut, denn sonst hätte man dich erpressen können."

Kevin tröstete er damit, dass auch er nicht glaubte, dass ein einziges Bild übrig geblieben sei, wenn sein Onkel tatsächlich mit Kinderpornos zu tun gehabt hätte.

Dankbar nahm er auch die Informationen der beiden Jugendlichen auf, dass Kevin sich erst in den letzten Tagen, seit Kommissarin ihn befragt hatte, beobachtet fühlte.

„Du bist dir also sicher, dass der Mann dich nicht vergewaltigen, sondern nur dich zwingen wollte, das Video zu löschen?", wandte er sich zum Abschluss an Yeşim.

„Ja, Herr Kommissar. Er hat gesagt ‚gib dein Handy her!' und ‚lösch das!' und nicht ‚zieh dich aus!' oder so was."

„Zu viel der Ehre – Kommissar ist mein Chef", grinste der Beamte. „Löschen solltest du das Video übrigens wirklich – vielleicht versucht die Bande, davon dass es kein Einzelner ist, gehe ich mal aus, wenigstens, rauszubekommen, was genau du gefilmt hast."

Er kopierte Yeşims Video und Kevins Bilder auf den Polizeicomputer und entließ die Jugendlichen.

„So, und jetzt?", fragte Kevin, als sie Hand in Hand auf die Straße traten.

„Hab ich irgendwie Hunger und Durst. Die Ludwigstraße ist doch voller Fressbuden." Sie kramte in ihrer Tasche. „Bok! – Scheiße! Aber so gut wie kein Geld mehr."

„Ich hab noch welches – und auch Hunger und Durst."

Sie gingen in eine Imbissbude, in der es neben Döner auch Süßigkeiten gab. Kevin kopierte dort Yeşims Video zusätzlich auf sein Smartphone. „Behalten sollten wir's, aber nicht unbedingt auf deinem Handy – Kannst du's daheim kopieren? Ich kann dir zeigen, wie man Dateien mit Passwort schützt."

„Danke, das weiß ich selber!"

Statt nach Hause zu gehen, machten sie anschließend einen Spaziergang durch die weihnachtlich erleuchtete Innenstadt, bis es halb elf wurde – die Zeit, zu der der Jugendkeller in der Dreieinigkeitskirche schloss und Yeşim zu Hause sein musste. Gemeinsam gingen sie noch bis zwei Ecken vor der Wohnung der Cokbudaks, wo sie sich voneinander verabschiedeten.

Als Oberkommissar Kröber, der in Vertretung Kommissar Kleins Sonntagsdienst hatte, in sein Büro kam, fand zu seinem Ärger gleich die dritte Krankmeldung aus seiner Abteilung vor – Obermeisterin Ritter lag mit Grippe im Bett.

Interessiert sah er sich zudem die Anzeige eines türkischen Mädchens vom Vorabend sowie ein von diesem Mädchen gemachtes Video an. Danach rief er bei der Anzeigenaufnahme an: „Anzeige Nr. 48/117 vom 3.12. Ein Amateurvideo eingereicht. Was sagt der Mann auf dem Video."

Es dauerte, bis der diensthabende Wachmann das Video auf seinem Computer gefunden hatte. „Weiß nicht – ich versteh' die Sprache auch nicht."

„Was heißt ,ich versteh' die Sprache auch nicht'. Was hat das Mädchen gesagt?"

„Dass sie's auch nicht verstanden hat und nicht gewusst hat, was für a Sprache des is."

„Dann schickt das Video halt zu einem Dolmetscher. – Menschenskind, muss man euch denn alles sagen?!"

„Für was für eine Sprache?"

„Klingt nach Osten – Probiert mal Russisch!"

Er schickte das Video zudem auch an Vadim mit der Frage, ob er den Mann kannte.

Gegen Mittag rief ein Übersetzer namens Leibowitz an, dass der Mann auf dem Video nicht Russisch, wohl aber eine ähnliche Sprache, vermutlich Ukrainisch, gesprochen habe. Nicht alles sei verständlich gewesen, aber auf jeden Fall sei die

Rede von ‚Freundin', ‚Schmuck' und ‚unverdächtig' die Rede gewesen. Er könne aber keine Garantie übernehmen.

Kröber suchte auf der Liste eine Dolmetscherin für Ukrainisch und mailte dieser das Video zu, in der Hoffnung, am Sonntag noch Antwort zu bekommen.

Vadim rührte sich am Nachmittag auf Kröbers Privathandy und informierte ihn, dass der Mann Jurij hieß oder sich so nannte und in einem Hochhaus in Neuselsbrunn wohnte. Kröber bedankte sich und rief die beiden Männer, die noch Dienst hatten, zu sich.

Er erklärte ihnen kurz den Sachverhalt und befahl dann: „Wohnung stürmen bringt nichts. Die halten sich nicht zum Vergnügen dort auf und wenn wir diesen Jurij nicht dort finden, sind sie gewarnt. Also beschatten und sobald er auftaucht, festnehmen."

„Herr Oberkommissar", wandte Polizeimeister Braun ein. „Meinen Sie, dass der Mann sich so einfach fangen lässt?"

„Was soll er dagegen tun? Er kann seinen Leuten erzählen, dass ein Mädchen ihn gefilmt hat, wie er sie informiert hat und er es nicht geschafft hat, ihr das Handy wegzunehmen – dann kann er sich genau so gut gleich erschießen. Er kann per Anhalter heimreisen und den Winter über hungern und frieren – die Ukraine ist im Winter nicht angenehm, heißt es, und die kleinen Boten sind normalerweise arme Schweine – und er kann weitermachen und das Beste hoffen. Sicherheitshalber werde ich sein Bild an die Autobahnpolizei und auch an die polnischen und slowakischen Grenzposten weitergeben, aber ich bin ziemlich sicher, dass er hier bleiben wird."

Die Dolmetscherin meldete sich erst am Montagmorgen. Sie konnte das gefilmte Handygespräch wiedergeben, auch wenn es nicht gelang, die Antworten des Angerufenen verständlich zu machen: „Ich bin hinter seiner Freundin her. Sie ist nicht zu ihrem Rad gegangen, das war verdächtig. – Geht gerade in den Bazar in der Adam-Klein-Straße, will wohl Schmuck kaufen, also Entwarnung. – Kommt wieder raus, der Laden hat wohl zu. – Okay, mach' ich. – Halt, Moment!"

Am Montagnachmittag gegen 16 Uhr 30 saß Kommissarin Peters in ihrem Privatauto auf einem Parkplatz nahe den turmhohen Plattenbauten Neuselsbrunns. Sie sah immer wieder auf die Uhr und kontrollierte zwischendurch ihr Makeup im Autospiegel – nicht, weil es ihr wichtig gewesen wäre, wie sie aussah, sondern, um wie eine Frau zu wirken, deren Verabredung zu spät kam und die nun im Auto wartete. Möglichst unauffällig behielt sie einen bestimmten Eingang im Auge – und wurde belohnt: Ein Mann, der genau so aussah wie der auf dem Video, verließ das Hochhaus. Sie schaute nochmals auf das Display ihres Handys, das schon die ganze Zeit bereit lag und auf Konferenz geschaltet war. „Das ist er. Zugriff!"

Als der erste Polizist ihn aufforderte, stehen zu bleiben, lief der Mann quer über den Parkplatz, doch auch dort stand ein Kollege, der ihn schnell überwältigen konnte.

Ein Mann, der gerade sein Auto abgestellt hatte, lief auffällig unauffällig vom Parkplatz weg, doch das war im Moment nicht das Problem.

Der Festgenommene schimpfte laut in einer Sprache, die keiner der Ordnungshüter verstand. Er selbst reagierte nicht auf die Fragen der Polizisten.

„Bringen wir ihn aufs Präsidium und holen Dolmetscher für Russisch und Ukrainisch!", entschied die Kommissarin schließlich.

Der Mann schwieg jedoch auch auf dem Polizeipräsidium eisern, selbst als sieben oder acht andere Dolmetscher gekommen waren. Kommissarin Peters war am Rande eines Nervenzusammenbruchs, doch ausgerechnet ihr Vorgesetzter, der trotz Dienstschluss hergekommen war, beruhigte sie: „Den krieg'ma scho zum Reden. – Aber erst was anderes: Das Mädchen soll herkommen, wir brauchen sie als Zeugin. Außerdem sollten wir uns die Kleider von ihr und ihrem Freund anschauen – also die, die sie am Samstag angehabt haben. Wenn die Bande ihn beschatten lässt, können sie ihm auch Wanzen eingepflanzt haben oder ihr."

Er wählte die Handynummer des Mädchens, doch es antwortete zweimal nur die Mailbox. Anschließend versuchte er es bei der Rufnummer der Eltern. Es klingelte fünfmal, danach wechselte das Rufzeichen.

„Akdeniz Obst und Gemüse, hallo!", meldete sich schließlich eine Männerstimme.

„Kröber, Kriminalpolizei. Sprech' ich mit Herrn Cokbudak?"

„Ja, warum? Wir haben nicht – wie sagt man? – abgelaufene Ware. Kann das beweisen."

„Darum geht es nicht. Ich möchte Ihre Tochter Yeşim sprechen."

„Yeşim? Ist Schwimmen. Was hat sie gemacht?"

Der Kommissar erklärte dem erschrockenen Mann, dass seine Tochter nicht einer Straftat verdächtig, sondern als Zeugin gebraucht wurde.

„Yeşim kommt um halb, dreiviertel sieben heim. Wenn ich sie sehe, ich bringe sie sofort oder meine Frau."

„Danke Ihnen! Ach ja, und sagen Sie ihr auch, sie soll die Kleidung mitbringen, die sie am Samstagabend gegen 19 Uhr anhatte."

„Warum?"

Es kostete den Oberkommissar einige Mühe, Yeşims Vater seine Vermutung zu erklären, doch schließlich gelang es ihm.

Bei Kevin Leuthäusser hatte er mehr Erfolg: Der Junge war zu erreichen und erklärte sich sofort bereit, zu kommen und die Kleidung zusammenzusuchen.

„Gut, reine Routinearbeit. Ein bis anderthalb Stunden haben wir also mindestens Zeit, bis diese Türkin kommt", stellte Kröber fest, nachdem er aufgelegt hatte. Er sah sich am Computer Fotos seiner Kollegen an und wählte schließlich vier für eine Gegenüberstellung aus. Drei davon erreichte er auch problemlos.

Währenddessen kam Kommissarin Peters ins Zimmer und ließ sich auf ihren Drehstuhl fallen. „Ich geb's auf!", schrie sie entnervt.

„Wenn's um unseren Freund Jurij geht: Warten wir, bis das Mädchen kommt. Wenn wir Glück haben und sie erkennt ihn, nageln wir ihn fest – wenn er auf Ukrainisch telefonieren kann, kann er auch auf Ukrainisch Antworten geben, wo er auch immer herkommt."

Kröber hatte seine Anweisungen gerade gegeben, als Meister Braun an der Tür klopfte. „Frau Peters? Kevin Leuthäusser ist bei mir mit seinen Klamotten. Scheinen sauber zu sein. – Er wollte allerdings Sie persönlich sprechen. Wenn Sie bitte..."

„In Ordnung, ich komme!", war Kommissarin Peters einverstanden.

„Na, was wollte der Bub so Wichtiges?", fragte Kröber, als sie wieder zurückkam. „Oder ist das geheim?"

„Das muss ich Ihnen sogar erzählen, wenn Sie zur Befragung Yeşim Cokbudaks bleiben – und wie ich Sie kenne, gehe ich davon aus, dass Sie das tun werden. Er hat Angst, dass ihre Eltern erfahren, dass sie zusammen sind."

„Soso! Gut, sagen wir also nichts, solange der strenge Türkenvater mit hier ist."

„Nun ja, machen wir ihm die Freude! Lange werden sie es sowieso nicht geheim halten können. – Ich wusste ziemlich bald davon, als mein Sohn seine erste Freundin hatte und ich sah sie dann auch einmal gemeinsam in der Stadt. Als er es endlich zugab, musste ich kichern." Dafür sah sie jetzt umso trauriger aus.

„Können Sie als Mutter – Entschuldigung! – besser beurteilen als ich."

„Schon gut, reden wir nicht mehr davon!" Sie kämpfte sichtlich mit den Tränen. Er wartete, bis sie wieder ruhig war und fragte dann: „An seinen Sachen ist also nichts?"

„Nein! Die Kollegen haben alles durchgeschaut."

Kurz nach sieben erschien Yeşim in Begleitung ihres Vaters auf dem Präsidium. Meister Braun nahm ihren Pullover, das Top, das sie darunter getragen hatte, ihre Hose und ihren Anorak entgegen. „Einen Schal hattest du nicht um oder so?", fragte er. Das Mädchen schüttelte den Kopf.

Kommissarin Peters führte sie anschließend vor eine Glasscheibe, hinter der vier Männer mit Nummern in der Hand, bewacht von zwei Polizisten, vor einer Wand standen. „Die Scheibe ist speziell so konstruiert, dass die Männer dich nicht erkennen können", erklärte sie. „Du musst uns jetzt sagen, wer von ihnen dich am Samstag angegriffen hat. Lass dir ruhig Zeit dazu!"

Yeşim überlegte kurz und ging zur Wand, deren Bemalung vor und hinter der Scheibe gleich war. „Nummer eins ist zu groß", murmelte sie und sagte schließlich: „Drei. Ziemlich sicher." Die Kommissarin zeigte zunächst keine Regung.

„Bist du ganz sicher, dass du dich nicht täuschst?", fragte sie schließlich.

Das Mädchen sah nochmals die vier Männer an: „Ja, Nummer drei."

„Das läuft ja besser als gedacht", kommentierte Oberkommissar Kröber, als Kommissarin Peters ihn informierte. „So, und jetzt wird der Kerl reden oder ich bin ab heute ein Fürther." Er lief ins Verhörzimmer und rannte dabei beinahe eine junge Polizistin um, die ihm entgegen ins Büro kam. „Frau Peters, schauen Sie sich das mal an! Clever sind sie." Sie hielt Yeşims Anorak in der Hand.

Der Krake

Die Polizistin zeigte ihrer Vorgesetzten eine Abhörwanze, die genau in die Nut eines Druckknopfs von Yeşims Anorak passte. Sowohl die Kommissarin als auch Yeşim und ihr Vater erschraken.

„Dann haben die alles mitgehört, was ich die ganze Zeit über gesagt hab?!", fragte das Mädchen.

„Solange du den Anorak anhattest, also wohl nur, solange du draußen warst", beruhigte die Kommissarin. Sie bedankte sich bei Yeşim und ihrem Vater und verabschiedete die Gäste.

Oberkommissar Kröber zeigte dem Gefangenen Yeşims Video und erklärte ihm, er sei identifiziert worden. Dies ließ er von den anwesenden Dolmetschern ins Russische, Ukrainische und Polnische übersetzen. Der Mann zeigte jedoch keinerlei Regung.

„Schön, wenn er es nicht anders will", sagte Kröber scheinbar ungerührt. „Er ist ausweislos angetroffen worden und sicher kein Deutscher oder EU-Bürger, außerdem eines Verbrechens verdächtig. Bringen Sie ihn in Abschiebehaft!"

„Herr Polizist, das dürfen Sie nicht", antwortete der Verhörte mit osteuropäischem Akzent, doch klar verständlich. „Ich will Asyl in Deutschland."

„Na also, Sie können ja doch reden! Also los: Sagen Sie mir, wer Sie sind und wie Sie dazu kommen, ein fremdes Mädchen anzugreifen – oder kannten Sie Yeşim Cokbudak?"

Der Mann schüttelte den Kopf. Immerhin gab er seinen Namen Jurij Litowtschenko und seine Daten an. „Ausweis ist in Wohnung", schloss er entschuldigend.

„Das können wir feststellen", antwortete der Polizist zufrieden. „Und um Sie über die deutschen Gesetze aufzuklären: Es ist nicht völlig aussichtslos, eine Arbeitserlaubnis zu bekommen – auch wenn man Ihnen vermutlich etwas anderes erzählt hat. Wenn Sie allerdings ins Gefängnis kommen und anschließend abgeschoben werden, notiert man das in der Botschaft in Kiew und Sie sehen die EU nie mehr von innen – außer die Ukraine tritt bei."

Die Dolmetscherin übersetzte.

„Wenn Sie mit uns zusammenarbeiten, kann Ihnen die Strafe erlassen werden und Sie können nächstes Jahr Ihr Glück schon wieder ganz legal versuchen. Sie haben also in der Hand, ob Sie ins Gefängnis kommen, abgeschoben werden oder glimpflich davonkommen. – Also: Wir wissen, dass Yeşim Cokbudak, das Mädchen, das Sie angegriffen haben, ein Video von einem Handygespräch von Ihnen aufgenommen hat. Wir wissen auch, dass Yeşim und ihr Freund Kevin Thema Ihres Gesprächs waren. Wir wissen auch, dass Sie am Samstag den halben Tag vor dem Haus, in dem Kevin wohnt, standen. – Nun wüssten wir auch gern, warum und in wessen Auftrag Sie Kevin und Yeşim beschattet haben und wen Sie angerufen haben. Also?"

Der Mann versuchte, auf Deutsch zu antworten, fand die richtigen Worte aber nicht und sprach schließlich Ukrainisch. Die Dolmetscherin übersetzte: „Ein Cousin hat ihm ein gefälschtes ungarisches Visum beschafft und den Kontakt zu einer Bande in Nürnberg hergestellt. Von Ungarn ist er dann legal nach Deutschland gereist – ein Mann namens Andrej, ein Freund seines Cousins, hat ihn und zwei andere in einem VW-Bus mitgenommen. Wem die Wohnung in Neuselsbrunn gehört, weiß er nicht. Anweisungen gibt ihm jemand, der sich Maxim nennt. Der hat ihm befohlen, Kevin Leuthäusser zu beschatten und wenn möglich eine Wanze an dessen Kleidung oder in dessen Wohnung anzubringen. Das ist aber weder ihm noch, soweit er weiß, dem anderen, der sich mit ihm abwechselte, gelungen. Er hatte auch den Auftrag, nachzusehen, wohin Kevins Freundin ging – ihren Namen wusste er bisher nicht – und auch bei ihr eine Wanze anzubringen. Das gelang ihm, allerdings nur an einem Anorak.

Er hat das Mädchen nur zwingen wollen, das Video zu löschen, weil er Angst hatte, dass sie damit zur Polizei geht. Er hätte ihr nichts Ernsthaftes getan. Leider kam der Bruder des Mädchens dazwischen."

„Was hat er sonst noch für die Bande getan?"

„Eine Mc-Donalds-Filiale am Südring hat er sich angeschaut, einen Lageplan gezeichnet und die Angestellten überwacht", übersetzte die Dolmetscherin.

„Schön, dann wird einer unserer Leute ab nächste Woche Hamburger verkaufen", murmelte er und wurde lauter: „Nicht übersetzen!"

Er fügte hinzu: „Sie haben also nur Leute ausspioniert aber niemand bedroht oder angegriffen, Herr Litowtschenko?"

Der Mann schüttelte den Kopf. „Die Neuen machen erst so was, meist", antwortete er selbst auf Deutsch. „Herr Polizist, ich möchte Sie etwas bitten: Sagen Sie meiner Freundin Eva Jawlinska, dass ich hier bin. Ihre Handynummer 0185 – 1845481. Sie wohnt in Calvinstraße 8."

Das konnte Kröber leicht zusagen. Er veranlasste auch mit Litowtschenkos Einwilligung, dass Frau Jawlinska ihm Kleidung und Toilettenartikel aus seiner Wohnung in Neuselsbrunn bringen sollte.

Ehe er nach Hause ging, rief er Vadim und Mitja an und bat beide, Maxim schöne Grüße zu bestellen. Klarer wollte er sich nicht ausdrücken, da er nicht wusste, wo die beiden sich gerade befanden und wer mithörte.

Yeşims Vater war sichtlich erschrocken über das, was passiert war. „Wie konnte das alles geschehen? Was wolltest du in der Adam-Klein-Straße?", fragte er seine Tochter, als sie im Auto saßen.

„Ich hab da in der Drogerie Nagellack gekauft. Danach ist mir eingefallen, ich brauch noch ein Geschenk, weil am Zwölften hat doch die Jessy Geburtstag – deshalb wollte ich in den Basar dort, hab gemerkt, der hatte schon zu und dann ist es passiert", log Yeşim.

„Nagellack schon wieder – wie viel Schminkzeug willst du dir denn noch kaufen? – Aber vor allem: Warum filmst du einen fremden Mann? Kein Wunder, dass der sauer wird!"

„Er ist hinter mir hergelaufen, die ganze Zeit", antwortete seine Tochter, diesmal wahrheitsgemäß. „Keine Ahnung warum."

„Dann hättest du erst recht schauen müssen, dass ihm nichts auffällt an dir. Mädchen, Mädchen! Das ist gefährlich, was du machst! Am Ende vergewaltigt dich wirklich noch jemand. Vielleicht lassen wir dich zu oft abends allein herumlaufen, wie Onkel Mehmet meint."

Yeşim verdrehte die Augen, sagte aber nichts. Onkel Mehmet, Tante Emines Mann, war neuerdings in fromme Kreise gekommen – so mussten Tante Emine und Yeşims Kusine Bahar in der Öffentlichkeit das Kopftuch aufsetzen und Bahar durfte abends viel seltener alleine aus dem Haus. Eigentlich teilte ihr Vater die Ansichten seines Schwagers nicht, im Gegenteil, er fand, dass Onkel Mehmet die falschen Freunde hatte, doch Yeşim fürchtete, auch er könne sich ändern.

Noch beim Abendessen überlegte der Vater laut, Yeşim nachts nicht mehr allein aus dem Haus zu lassen.

„Papa, das war doch nicht nachts, die Geschäfte hatten doch noch offen", widersprach Hakan für seine Schwester. „Stell dir vor, wenn sie nachmittags einkaufen geht, kann das Gleiche passieren."

„Das soll Allah verhindern, dass unserer Tochter noch einmal so etwas passiert! Hakan, du musst öfter auf sie aufpassen."

Selten genug nahm der Vater das Wort ‚Allah' in den Mund. Das Geschehene musste ihn sehr erschreckt haben.

„Wir können es nicht verhindern, Papa. Du kannst sie Karate lernen lassen oder so, damit sie sich selber verteidigen kann, aber passieren kann so was immer – sogar wenn sie bloß Nachmittagsunterricht hat. Und ich hab an anderen Tagen Nachmittagsunterricht als sie und auch zweimal die Woche Training – ich kann nicht ständig bei ihr sein", antwortete Hakan.

Schließlich und endlich wurde beim Abendessen nichts mehr entschieden – immerhin dadurch auch nichts mehr verboten.

Später bedankte Yeşim sich gebührend bei ihrem Bruder. Der winkte ab: „Weiß ich, was der Papa sich einfallen lassen kann

– ich jedenfalls hab keinen Bock, bei euren Shoppingtouren hinterherzudackeln oder so und auch nicht, dass ich künftig *immer* einkaufen muss, weil sie dich nicht mehr aus dem Haus lassen – also rein egoistisch von mir."

„Trotzdem danke!"

Spät am Abend schüttete Yeşim ihrem Kevin per Chat ihr Herz aus. Der wünschte ihr selbstverständlich alles Gute und brachte eine interessante Neuigkeit: Seine Mutter hatte am Freitagabend etwas in der Küche liegen sehen, das sie erst für einen Knopf gehalten hatte, doch obwohl die gesamte Familie sämtliche Kleidungsstücke durchgesehen hatte, fehlte nur bei Kevins Stiefvater ein Knopf an einem Hemd; der hätte aber eine vollkommen andere Form gehabt als der Gefundene.

die-diagnose:	Wenn ichs richtig im kopf hab, könnt der schon in nen druckknopf reinpassen – also fürn anorak.
Yeah-shim:	was habt ihr mit dem ding gemacht?
die-diagnose:	ka – weggeschmissen schätz ich
Yeah-shim:	willst dus trotzdem sagen?
die-diagnose:	wird nix bringen – heute war die müllabfuhr da
die-diagnose:	ein glück, dass mir das ding runtergefallen ist
Yeah-shim:	kann man sagen
die-diagnose:	was anderes: Meinst du, deine alten haben was von uns mitgekriegt?
Yeah-shim:	ka – aber ich glaub, wenn, hätten sie was gesagt
Yeah-shim:	hoff bloß papa kommt runter von dem trip
die-diagnose:	das hoff ich auch. Wird scho. Love u
Yeah-shim:	Love U2 <3

„Dieser Jurij scheint nicht viel zu wissen", stellte Kommissarin Peters genervt fest. „Und lange können wir ihn nicht behalten – ich habe noch gehofft, wegen versuchter Vergewaltigung, aber das Mädchen hat ja klar ausgesagt, dass er eben das nicht versucht hat."

„Der wird gerne hier bleiben", beruhigte sie ihr Vorgesetzter. „Der weiß, was ihm blüht, wenn er rauskommt. Ich könnte mir sogar vorstellen, dass er mehr gesteht als eigentlich stimmt. – Aber mit dem anderen haben Sie Recht: Wenn wir diesen Maxim nicht finden, kriegen wir nie was Vernünftiges raus."

Der Besitzer der McDonalds-Filiale am Südring behauptete, nie erpresst worden zu sein und lehnte die Einstellung eines verdeckten Ermittlers offiziell ab. Kröber rief daraufhin bei der Arbeitsagentur an und vereinbarte mit den Verantwortlichen, dass jede Stellenanzeige der Filiale, und sei sie nur für stundenweise Aushilfen, sofort der Polizei gemeldet werden sollte.

Eva Jawlinska, eine Weißrussin, die nach eigenen Aussagen als Putzfrau in verschiedenen Häusern arbeitete, kam bereits am nächsten Tag mit Jurij Litowtschenkos Kleidern. Die beiden schienen sich wirklich zu lieben und der eingefleischte Junggeselle Kröber schaute weg, als sie miteinander im Besuchszimmer saßen.

Keinerlei Informationen gab es dagegen über den nach wie vor in der Kühlkammer liegenden Toten, was auch Kröber nervös machte.

Vadim brachte zwar Informationen, wo sich Maxim vermutlich aufhielt, der erste Versuch einer Festnahme scheiterte allerdings: Obwohl der V-Mann sich sicher war, Maxim werde am Abend des 8.12. in einer bestimmten Kneipe in St. Peter auftauchen, warteten die in Zivil gekleideten Polizisten, die sich dort unter die Gäste gemischt hatten, vergeblich.

Der Polizeipräsident hatte den Verdacht, dass einer der V-Leute ein Doppelagent war und Maxim informiert hatte, was ihn in seiner Meinung bestätigte, der Fall sei hoffnungslos und solle besser endgültig zu den Akten gelegt werden.

Diesmal war es Kommissarin Peters, die ausrastete: „Menschenskind, Herr Beck, es geht um Mord! Um Bandenmord vermutlich! Das dürfen wir nicht auf die leichte Schulter nehmen!"

„Beruhigen Sie sich, Frau Peters! – Ihr Eifer ist ja löblich, aber leider müssen wir auch realistisch sein."

„Schauen wir! Noch haben wir einige Möglichkeiten", versuchte Kröber, zu vermitteln. „Natürlich passen wir auf unsere V-Leute auf – Vadim und Mitja wissen ja nicht einmal voneinander, dass der jeweils andere V-Mann ist und die Wirtschaft hat auch noch welche drin. Wenn da einer für die Konkurrenz arbeitet, dann kriegen wir das raus."

„Ich hoffe es für Sie, Herr Kröber!"

Der Angesprochene verabschiedete sich von seinem Vorgesetzten und stupste seine Kollegin an. „Komm – äh – kommen Sie! Überlegen wir uns mal miteinander in Ruhe, wie es weitergehen soll!"

Im Büro angekommen ließen beide erst einmal ihrem Ärger über ihren Vorgesetzten freien Lauf und bezeichneten ihn abwechselnd als Affe, Idiot, Depp, Trottel und noch anderes.

Nachdem sie sich beruhigt hatten, fiel Birgit Peters etwas ein: „Sagen Sie mal, Herr Kröber – ich dachte am Montagabend noch daran, aber danach habe ich es völlig vergessen: Was glauben Sie, wie die Bande darauf kam, Kevin Leuthäusser zu beschatten?"

„Wenn es mit unserer Sache zu tun hat – Sie haben sich den Fall Blechschmidt angeschaut und mit dem Buben gesprochen, nicht ich."

„Was soll das heißen?"

„Das heißt, dass Sie eher wissen ich, was die Bande für einen Grund gehabt hat – wenn es damit zu tun hat. Dieser Jurij Litowtschenko hat ja gesagt, er hat nur den Befehl gekriegt, dass er Kevin beobachten soll, aber nicht gesagt gekriegt, warum. Soviel ich es beurteilen kann, ist das in diesen Banden auch normal. Die Kleinen dürfen nie allzu viel wissen, damit sie nicht singen können, wenn wir sie kriegen."

Seine Kollegin überlegte einige Minuten, wobei sie immer wieder mit ihren Fingernägeln auf den Schreibtisch klopfte. Ansonsten schimpfte Kröber oft über diese Gewohnheit und drohte ihr an, sie eine Neulackierung der Möbel zahlen zu lassen, doch diesmal blieb er ruhig.

„Letztes Jahr sprach niemand von uns mit Kevin und erfuhr auch niemand etwas von diesen Zuckertüten", stellte sie halblaut fest. „Wenn es damit zu tun hat, dann gibt es genau eine Möglichkeit: Einer oder eine der Angestellten von Frau Blechschmidt arbeitet mit der Bande zusammen." Nach kurzem Zögern fügte sie hinzu: „Es muss natürlich nichts damit zu tun haben. Viele Jugendliche sind in irgendwelche Fälle von Kleinkriminalität verwickelt und geraten dann an irgendwelche Banden."

„Es muss nicht, aber es kann", widersprach ihr Chef. „Kann es sein, dass jemand mitgehört hat, wie Sie mit dem Jungen gesprochen haben?"

„Natürlich. So ein Personalraum in einer Konditorei ist kein schalldichtes Verhörzimmer. – Ich werde Frau Blechschmidt anrufen."

Die Konditorin war erschrocken über das Geschehene und wies jeden Verdacht gegen ihre Angestellten von sich. „Des sin' alles anständige Leut', des saach ich Ihnen!" Dennoch gab sie die Daten weiter. In der Backstube arbeiteten zwei Männer und eine Frau, außerdem der neunzehnjährige Sohn der Blechschmidts in seinem letzten Lehrjahr. Im Verkauf waren fünf Frauen und ein Mann beschäftigt. Zusätzlich hatten im August zwei Studentinnen gejobbt, doch derzeit gab es keine Hilfskräfte. Dennoch schickte sie der Polizei bereitwillig die Daten ihrer Angestellten.

„Fast lauter deutsche Namen und Pässe", stellte Oberkommissar Kröber fest, als seine Kollegin ihm die Daten zeigte. „Außer dieser Ayşe Özben natürlich – und einer, der Marcello Begnini heißt, ist sicher noch nicht lang Deutscher. Aber eine Türkin oder ein Italiener bei der Russenmafia, das glaub ich nicht."

„Glauben Sie wirklich, dass es unbedingt alles Russen sein müssen?"

„Meistens ist es bei ausländischen Banden so. Das heißt, entweder lauter Russen oder lauter Türken oder lauter Chinesen oder irgendwas, aber jedenfalls ein Land. Hat zwei Gründe: Erstens müssen sie sich ohne Schwierigkeiten verständigen können und zweitens – auch wenn man das heutzutage vielleicht gar nicht mehr laut sagen darf – die halten untereinander eher zusammen. Ein Türke verpfeift normalerweise keinen Türken und ein Russe keinen Russen."

Kommissarin Birgit Peters rief Kevin Leuthäusser an und teilte ihm ihren Verdacht mit. „Kannst du dir vorstellen, wer von den Angestellten dich ausspioniert hat?", fragte sie schließlich.

„Nö, eigentlich nicht – kenn die aber ned so gut. Der einzige, mit dem ich ab und zu was zusammen gemacht hab, Frederick Barth heißt er, arbeitet jetzt woanders – weil er glaubt, dass er in der anderen Konditorei schneller hochkommt. Der Onkel Arno hätt' ihn gern behalten. – Aber der ist schon seit März oder April weg. Von den anderen kenn' ich höchstens die Namen. – Aber ich schau mal, ob mir was auffällt."

„Vor allen Dingen: Pass auf dich selbst auf. Die Bande dürfte wissen, dass wir den, der dich beobachten sollte, verhaftet haben und nun auch aufpassen. Also bitte, bitte kein Spionieren, das ist lebensgefährlich!"

Kevin berichtete auch vom Fund seiner Mutter.

„Am Freitag, sagst du?", fragte sie.

„Ja, schon – leider hat die Mama das Ding weggeschmissen und die Müllabfuhr war da."

„Das macht nichts. Wie diese Wanzen aussehen, wissen wir. – Deine Freundin hat dir ja vermutlich erzählt, dass wir an ihrem Anorak eine gefunden haben."

„Hat sie, ja."

„Dann weißt du ja, worauf du achten musst. Sieh dir deine Kleidung jeden Tag gut an, vor allem, wenn du irgendwo unterwegs warst, wo es Gedränge gab! Es gibt Leute, die auf so etwas spezialisiert sind, da hast du nicht die geringste Chance, es zu merken, wenn man dir eine Wanze ansteckt."

Während sie noch mit Kevin sprach, klingelte das Telefon nochmals. Oberkommissar Kröber schaltete auf seinen Apparat um. Offensichtlich war der Anrufer, ein Herr Heuberger, ein Kollege, aber ihr sagte der Name nichts. Kröber machte sich jedenfalls während des Gesprächs mehrere Notizen, sagte aber kaum etwas.

Kaum hatte sie aufgelegt, klingelte es erneut. Kommissarin Peters meldete sich korrekt. Am Telefon war ihr Kollege Merkle von der Mordkommission der Kripo Schwaben und berichtete, dass die Gespräche mit der Familie des zweiten Mordopfers aus dem Vorjahr und die Durchsuchung des Geschäftes ergebnislos verlaufen seien.

„Dafür hän mir was Interessantes g'funde", sagte Merkle während am anderen Apparat Kröber offenbar mit dem Gespräch fertig war. „Subba Sach, Kollege Heuberger, ich kümmer' mich sofort drum, danke euch!", rief er beinahe jubelnd ins Telefon. „Wiederschaun dann!"

Neumann

Birgit Peters musste ihren Augsburger Kollegen mehrmals bitten, zu wiederholen, was er gerade gesagt hatte. Während sie relativ problemlos Altbayrisch – zumindest das in der Nähe von Regensburg gesprochene – und Fränkisch – zumindest das in der Nähe von Nürnberg gesprochene – verstand, war Schwäbisch in ihren Augen eine Fremdsprache, die dem Deutschen nur entfernt ähnelte. Schließlich hatte sie aber doch alles mitbekommen, was Kommissar Merkle aus Augsburg ihr zu erzählen hatte, bedankte sich artig und verabschiedete sich.

„Na, was gibt's im Schwabenland?", fragte Oberkommissar Kröber.

„Eine gute und eine schlechte Nachricht. Zuerst die schlechte: Die Befragung der Familie dieses Spielzeughändlers war ergebnislos. Dann die gute: Sie haben über einen Gefangenen aus dem Mafia-Milieu Informationen bekommen, die mit unseren Fällen zu tun haben könnten. Es gibt ein neuartiges Herzgift, das im Körper sehr schwer nachweisbar ist und das gut zehn Minuten braucht, um tödlich zu wirken – genug, damit der Mörder fliehen kann, aber zu wenig, damit das Opfer sich rechtzeitig an einen Arzt wenden kann."

„Gut, das ist eine Möglichkeit. Beweisen können wir noch nichts."

„Das ist mir durchaus klar. – Und was haben Sie erfahren?"

„Ein V-Mann der Kollegen aus dem Wirtschaftsdezernat weiß, wer unser Freund Maxim ist und wo wir ihn finden können."

„Klingt gut. Wird aber auch noch nicht reichen, um ihn festnehmen zu können."

Kröber klatschte seine Hände zweimal gegeneinander. „Gut erkannt, Madame! Hatte ich auch nicht vor. Aber zum Beschatten reicht's."

„Sind wir uns einmal auf Anhieb einig, Herr Kröber? Ein Wunder ist geschehen!", ätzte sie.

„Tja, manchmal denken sogar Sie vernünftig. Also los!" Er schaltete sein Handy auf Konferenz: „Die ganze Mannschaft zu mir ins Büro!"

„Okay, ich wart' am Weißen Turm – am Vorwerk! Und noch was: Ich hab dich lieb!"

Kevin Leuthäusser steckte sein Handy in die Anoraktasche. So sehr es ihn freute, dass Yeşim das ausfallende Training nutzen wollte, um sich mit ihm zu treffen, musste er nun einige Vorkehrungen treffen – ausgerechnet heute hatte er die Utensilien für eine Kette und ein Armband für sie gekauft. Er prüfte, ob seine Anoraktaschen keine Löcher hatten, verteilte danach Perlen und Anhänger und fuhr zum Schluss mit den Händen über die Taschen. Glücklicherweise war der Stoff dick genug, dass man nicht genau spürte, was drin war. Yeşim würde es also nicht versehentlich merken!

Wenige Minuten später stellte er sich direkt vor einen der Türme des Vorwerks. Egal, ob sie zu Fuß, mit dem Rad oder mit der U-Bahn kam, hier konnte sie ihn nicht übersehen – und er sie genauso wenig. Allerdings würde es im günstigsten Fall noch zehn Minuten dauern, bis sie da wäre. Er steckte seine Ohrstöpsel ein und hörte Musik.

Während er da stand und den Menschenmassen, die sich in Richtung Breite Gasse bewegten, zusah, fiel ihm eine verbotswidrig geparkte Harley auf. Bis Yeşim kommen würde, hatte er allemal Zeit, sich diese Maschine genauer anzusehen.

„Tag Kevin! – Ich glaube, die wirst du dir nicht leisten können. Außerdem ist das nur was für Angeber", rief eine Frauenstimme.

Er drehte sich um und sah Kommissarin Peters neben sich stehen.

„Grüß Gott, Frau Kommissarin! Hab Sie gar nicht gesehen."

„Frau Peters genügt – bei einigen Leuten hier ist es mir sogar lieber, wenn sie nicht wissen, was ich von Beruf bin. – Na, warste auch Weihnachtsgeschenke kaufen?"

„Ja, und jetzt wart' ich auf meine Freundin – aber die kommt erst in zehn Minuten."

„Na, dann pass auf, dass die dich nicht übersieht. Wäre schade, wegen so eines halbheißen Ofens."

„Was sind eigentlich Ihre Lieblingsmarken?"

„Ich selbst fuhr fünf Jahre eine Honda und danach zwei Yamahas hintereinander – wie gesagt, bei schweren Maschinen ganz gut, vor allem ziemlich sicher im Kurvenverhalten und auf nasser Strecke."

„Und was meinen Sie bei 80ern?"

„Kommt darauf an, was du willst." Ihr Gesicht wurde, wie Kevin selbst im dämmrigen Licht erkannte, trauriger. „Willst du nur in der Stadt fahren oder auch Mal über Land und womöglich deine Yeşim mitnehmen? Alles zusammen, schmal, billig, wenig Benzinverbrauch, stabil, gute Beschleunigung und gutes Kurvenverhalten, gibt es nicht auf einmal. Ich habe aber noch ein paar Testergebnisse zu Hause."

„Können Sie mir – ich meine..."

„Freilich kann ich dir die schicken. Deine Mailadresse stimmt doch noch?"

Kevin nickte, während die Polizistin überlegte.

„Eine Frage hätte ich noch. Hier kann ich die Antwort schnell vergessen: Du hattest nicht zufällig irgendetwas mit Raubkopien zu tun oder so, weshalb Verbrecher auf dich aufmerksam geworden sein könnten?!"

Kevin verneinte entschieden. „Im Sommer hab ich mal Songs aus dem Internet runtergeladen – kann sein, dass das verboten war, weiß selber nicht mehr genau, von wo."

„Selbst wenn: Wenn dich damit jemand erpressen oder dich deshalb beschatten wollte, dann hätte derjenige das sofort getan."

„Müssten Sie mich jetzt festnehmen, wenn es so wäre?"

„Das wäre nicht mein Job. Wenn es illegal sein sollte, bekämst du einen Strafbefehl und damit wäre es vorbei. Aber da ist mir der Aufwand zu groß für. – Also tschüss, nicht, dass du deine Freundin verpasst!"

„Tschüss, Frau Peters. – Und denken Sie an die Testberichte, bitte!"

Keine Sekunde zu spät hatte sich Kevin verabschiedet, denn das Mädchen, das dort drüben hergefahren kam, war eindeutig Yeşim. Er lief ihr entgegen und nahm sie in die Arme, kaum dass sie abgestiegen war.

Nachdem sie sich ausführlich begrüßt hatten, gingen sie Hand in Hand in die Fußgängerzone zurück. Kommissarin Peters stand immer noch am Turm, beim Gemüsestand. Yeşim begrüßte sie flüchtig, worauf sie ihr riet, sie solle ebenfalls jeden Tag auf ihre Kleidung achten.

„Aber jetzt genug! Viel Spaß euch beiden!"

„Ihnen auch, danke!", rief Kevin ihr zu.

„Schaut nicht aus, als ob sie viel Spaß hätte zurzeit."

„Ist mir schon mal aufgefallen. Ich hab mir vorhin diese Harley angeschaut und sie ist zufällig vorbeigekommen. Sie kennt sich ziemlich aus mit Motorrädern und ich hab mich mit ihr drüber unterhalten. Aber auch schon das letzte Mal, wie ich sie dazu was gefragt hab, hat sie ausgeschaut wie wenn sie gleich das Flennen anfangen würd'."

Yeşim musste kichern. „Weißt du, an wen mich ihr Gesicht erinnert?" Kevin schüttelte den Kopf. „An deins, wie ich dir erzählt hab, dass die Sonni den Toten gefunden hat und wie ich mit der Black Story angefangen hab."

„Meinst du, da gibt's nen Toten wegen Motorradunfall in ihrer Familie?"

„Kann sein. Frag sie halt, die scheint dich ja zu mögen. – Was anderes, wohin gehen wir überhaupt?"

„Weiß ned. Ich wollt' höchstens noch schauen, was die neue Wii kostet, kann das aber auch morgen machen – können nen Glühwein trinken, ich darf ja welchen kaufen! Und dann am besten heim zu mir. Die Sandra jobbt heute und die Alten kommen nie vor sieben heim. Du bist ja auch mit dem Rad da."

„Keine schlechte Idee, beides. – Lass mich dann bloß nicht vergessen, dass ich meine Schwimmsachen noch nass machen und mich abschminken muss, bevor ich geh'; meine alten Herrschaften wissen nämlich nicht, dass Wasserwacht heute ausfällt."

„An irgendjemanden erinnert mich diese Frau", sagte Kommissarin Peters zu ihrem Vorgesetzten, als Eva Jawlinska im Polizeipräsidium vorsprach, um für ihren Jurij etwas zu organisieren.

„Schon möglich", brummte der. „Man lernt genug Leute kennen. Überlegen Sie mal, Sie wissen doch sonst alles besser!"

Die Laune des Oberkommissars war nicht die beste, da Maxim – oder Ivan, wie er laut Informationen des Wirtschaftsdezernats hieß – zwar laufend beschattet wurde, aber nichts festgestellt wurde, was genügt hätte, um ihn zu verhaften.

Er arbeitete bei der Stadt Fürth, lebte aber im Nürnberger Stadtteil Höfen. Bei einer Verkehrskontrolle zeigte er einen deutschen Ausweis, ausgestellt auf den Namen Oliver Neumann, vor. Eine Anfrage bei der Stadt Fürth ergab, dass es dort zweimal den Namen Oliver Neumann gab. Auf einen passte auch das Aussehen. Dieser Mann arbeitete dort im Ordnungsamt bei der Führerscheinstelle.

Am Donnerstag wurde Oliver Neumann in einer vorwiegend von Russen und Russlanddeutschen frequentierten Kneipe in der Nürnberger Südstadt gesehen. Er habe sich laut Bericht dort auch auf Russisch mit einer Frau und zwei Männern unterhalten.

„Verdächtig ist das. Ein Beamter im einfachen Dienst fährt einen BMW und dann das in der Russenkneipe", kommentierte Birgit Peters.

„Ach, erzählen Sie das mal dem Untersuchungsrichter!", fuhr Kröber sie an. „Es ist nicht verboten, Russisch zu sprechen und russische Freunde zu haben. Außerdem wissen wir nicht, wo er den BMW herhat. Vielleicht hat er reiche Verwandte, vielleicht hat er ihn billig irgendwo abgestaubt oder er hat einen Kumpel, der Unfallwagen flott macht. Es ist nicht einmal verboten, über seine Verhältnisse zu leben, hab ich mir sagen lassen."

„Ja, schon, aber..."

„Kein aber! Das ist nicht das Fußvolk wie dieser Jurij Litowtschenko. Wenn das wirklich unser Maxim oder Ivan ist, hat der nen guten Anwalt und wenn wir ihn mit dem, was wir bis jetzt haben, festnehmen, ist er am nächsten Tag wieder draußen und wir kriegen noch nen Anschiss. Der kommt sowieso, wenn wir ihn noch länger beschatten lassen und nichts rauskriegen. Der Beck liegt mir schon in den Ohren von wegen, ob ich meine Leut' nicht sinnvoller beschäftigen kann."

Für Yeşim verlief die Woche durchwachsen. Sie schrieb zwei Schulaufgaben, in Mathematik hatte sie ein gutes Gefühl, in Deutsch weniger. Ihr Vater hatte angekündigt, er wolle ihr zusätzliche regelmäßige Aktivitäten nur erlauben und zahlen, wenn sie in den Kernfächern bis zum Zwischenzeugnis einen Notenschnitt deutlich besser als drei haben sollte – immerhin war das nicht völlig aussichtslos. Am Freitag, ausgerechnet nach der verkorksten Deutsch-Schulaufgabe, konfrontierte Hakan sie schließlich damit, dass ein Freund von ihm sie und Kevin „beim Knutschen" gesehen habe.
„Du hast nicht echt geglaubt, dass das keiner mitkriegt?!", sagte er triumphierend. „An der gleichen Schule? In meiner Parallelklasse?"
Yeşim schwieg zunächst.
„Und, was ist? Wann willst du's unseren Eltern sagen?", bohrte Hakan nach.
„Die werden nicht begeistert sein."
„Genau. – Aber von mir erfahren sie's nicht, versprochen – gegen Putzen bis Silvester."
Weder Bitten noch Schimpfen half: Hakan bestand auf seinen Bedingungen.

Dafür versprach der Abend, erfreulicher zu werden: Kevin hatte von einem Freund einen Tipp für eine Musikkneipe namens Blue Volga bekommen, in dem am Freitagabend eine auch für Jugendliche unter 16 Jahren offene Disko stattfand.
„Viele Russen dort, hat der Timo gesagt, und die Musik ist zum Teil entsprechend – aber gut. Die haben inzwischen auch geile Bands. Und noch haben sie ziemlich laxe Kontrollen von wegen Alk und nach zehn Uhr drinbleiben – müssen wir ausnützen, bevor die Bullen was merken"

Beiden gefiel die Musik, obwohl tatsächlich vieles gespielt wurde, was sie nicht kannten. Kevin hatte ein bisschen Angst, man könne ihnen Wodka in die Getränke schütten, doch Timo, der Freund, der ihnen das Lokal empfohlen hatte, beruhigte ihn, bei den Russen werde „ehrlich oder gar nicht" gesoffen.

Nachdem Yeşim und Kevin sich mit einem Jungen namens Paul bekannt gemacht hatten, fragte der kurz „Türkin?".

„Ja. – Hast du ein Problem damit?"

Der Junge kicherte, was Yeşim sich nicht erklären konnte. Nachdem er sich gefangen hatte, antwortete Paul: „Sorry, du hast Glück, dass du ein Mädchen bist. Von türkischen Jungs hör' ich die Frage ‚Hast du ein Problem?' nicht so gern."

„Mit denen gibt's auch öfter Ärger", fügte ein anderer hinzu.

„Komm, bei den beiden letzten Schlägereien wissen wir selber nicht, wer angefangen hat. Asis gibt's in jedem Volk", widersprach ein dritter, der Sascha hieß. „Die Türken, mit denen ich zu tun hab', sind in Ordnung – und mit den anderen muss ich nichts zu tun haben."

„Sag mal, Sascha", unterbrach Kevin. „Kennst du die eine Frau, die da drüben Cocktails mixt?"

Sascha schüttelte den Kopf. „Weiß nicht, wie sie heißt. Arbeitet in der Bäckerei, wo wir die Semmeln für Sandwichs kaufen."

„Jewa heißt sie", kannte sich Paul aus. „Kann aber wenig Deutsch. Außerdem hat sie schon nen Freund."

„Und ich ne Freundin", antwortete Kevin und küsste Yeşim.

„Kennst du sie oder wieso fragst du?", flüsterte Yeşim ihm zu.

„Du bist doch auch zum ersten Mal hier, oder?"

„Ja, bin ich, aber..." Er griff sich an den Kopf. – „Schatz, bleib mal genau so stehen!" Kevin holte sein Handy aus der Tasche und fotografierte zweimal, wobei er seine rechte Hand mit dem Handy unter Yeşims Arm hielt.

Danach ging er auf die Bar zu und holte noch zwei Gläser Cola, wobei er noch ein Foto schoss. Die Cocktailmixerin am anderen Ende der Bar bediente drei ältere Mädchen und zeigte keine Regung.

„Sie ist es, eindeutig", flüsterte er Yeşim zu, als er zurückkam.

„Wer denn, Mensch?", antwortete die in normaler Lautstärke.

Während Yeşim und Kevin im Blue Volga wieder miteinander tanzten, klingelte Oberkommissar Kröbers Handy: „Lech, Wirtschaftsdezernat. Einer unserer V-Männer hat mir gerade mitgeteilt, dass unser Ivan – euer Maxim – jemandem befohlen hat, am Sonntag mit dem Zug um 8:47 nach Regensburg zu fahren."

„Das heißt, jemand von uns sollte auch am Sonntag um 8:47 nach Regensburg fahren. und wir sollten auch den Kollegen dort Bescheid sagen. – Sonst weiß euer V-Mann nichts?"

„Nö. Aber wir sind uns da wohl einig. So, wie es klang, fällt es in euren Bereich."

„Seh ich auch so. Sag deinem Kerl, er soll uns ein Foto von dem Typen schicken, der nach Regensburg soll!"

Kröber wusste von Vadim, dass Mordbefehle meist sehr kurzfristig kamen; oft wussten die Killer und Erpresser bis knapp vor der geplanten Tat selbst nicht, ob und wen sie zu töten hatten. Gerade deshalb durfte man eine solche Anweisung nicht auf die leichte Schulter nehmen. Wenn es gelingen sollte, den Mann, der nach Regensburg fuhr, festzunehmen, hätte man auch etwas gegen Maxim beziehungsweise Ivan oder Oliver Neumann in der Hand. Bei einem Scheitern könnte dagegen leicht ein neuer Mord geschehen.

Gegen 21:30 kam das Foto per e-Mail-Anhang. Sofort befahl Kröber zwei Männern und einer Frau ebenfalls per e-Mail, in Zivil mit demselben Zug nach Regensburg zu fahren und möglichst unauffällig in der Nähe des Mannes auf dem Foto zu bleiben. Anschließend rief er erst bei der Kripo Oberpfalz und danach bei Hauptkommissar Tuschl privat an. Letzterer versprach, alles zu veranlassen, um rechtzeitig zu verhindern, dass der mutmaßliche Verbrecher in Regensburg sein Ziel erreichte. „Am Hauptausgang ist's kein Problem. Da brauchen wir bloß jemanden in ein Taxi setzen – wir haben einen Wagen mit Taxischild – und ein paar Leute zu Fuß. Am Südausgang schaut's schwieriger aus – da ist am Sonntag wenig los, da fällt's auf, wenn da unsere Leute zu lang stehen. Aber ich lass mir was einfallen. – Danke für die Information auf jeden Fall!"

„Ach ja, übrigens, Kollege Tuschl!" Gerade noch rechtzeitig erinnerte sich Hans Kröber an die Informationen aus Augsburg und gab sie weiter.

„Hab mir gedacht, dass die ned grad mit der Krach'n kommen werden in aller Öffentlichkeit. Aber gut zu wissen. Ich sag den Burschen, sie sollen sich den Kerl schnappen, bevor er wen anderen anfasst – und Sie sagen Ihren Burschen, sie sollen genau zuhören, ob der Kerl im Zug sagt, wo er hingehen will in Regensburg und das auch sofort an uns weitergeben, damit wir uns darauf einstellen können."

„Klar mach ich das. Bin zwar noch kein Hauptkommissar, aber von Blödbach bin ich nicht."

Ein Teilgeständnis

„Das ist Annett Landsberg", flüsterte Kevin und ging zur Theke. Er kam mit einer Kreditkarte zurück, schob die in den Zigarettenautomat und warf Geld ein, bis es für eine Schachtel reichte.

„Seit wann rauchst du?", fragte Yeşim verständnislos. Kevin legte ihr den Finger auf den Mund.

„Komm!", zischte er und zog sie mit sich.

Sie gingen nach draußen, wo Kevin sich, etwas abseits der Eingangstür, eine Zigarette anzündete und auch Yeşim eine gab.

„Ich rauch' eigentlich normal nicht", sagte er nach dem ersten Zug. „Aber das war die beste Möglichkeit, unauffällig rauszukommen. Ich möchte nicht, dass die Leute das mitkriegen, was wir jetzt bereden." Er schaute sich um. Eine weitere Gruppe von Rauchern stand auf der anderen Seite der Tür, ansonsten war niemand draußen.

„Die Frau Landsberg arbeitet bei meiner Tante", erklärte Kevin. „Aber sie ist eigentlich blond und hat kurze Haare – sie hat ne Perücke auf."

„Meinst du...?"

„Ich schätze, sie hat die Bande informiert."

„Ach du Scheiße! Dann sind wir geliefert, wenn sie dich erkannt hat. Lass uns lieber abhauen!"

Kevin schüttelte den Kopf. „Hab ich mir auch überlegt. Bin nicht ganz sicher, ob sie mich gesehen und erkannt hat und, wenn, dann gemerkt, dass ich sie erkannt hab. Wenn sie es gemerkt hat und wir hauen jetzt ab, schickt sie uns hundertprozentig wen nach. Wenn wir hier bleiben und so tun, wie wenn wir sie nicht erkannt hätten, haben wir eher Chancen, dass wir hier wegkommen, ohne dass uns wer nachfährt."

„Du meinst also, wir sollten hier bleiben?"

Kevin nickte. „Es sind sicher nicht alle hier bei der Bande. Hier drin werden sie uns nichts tun. Und wenn wir erst in einer Stunde abhauen, glauben sie eher, ich hab bloß zufällig in ihre Richtung geknipst. Klar, wir müssen nachher aufpassen, ob uns wer nachfährt und uns bis dahin unauffällig benehmen. – Zieh an deiner Kippe, sonst fällt's auf!"

Yeşim nahm einen Zug und musste husten. „Schmeckt genau so eklig, wie's riecht, wenn bei uns das Wohnzimmer vollgequalmt ist."

Ein Mädchen kam vorbei, schnorrte eine Zigarette von Kevin und ging wieder weg. Als sie außer Hörweite war, flüsterte Kevin: „Also: Wir rauchen fertig, gehen wieder rein, tanzen, als ob nichts wär' und gehen so gegen zehn, wie wir's sonst auch machen würden, okay? Daheim schick' ich dann das Foto an die Bullen."

„Schick's mal lieber auch an mich und an deine eigene Mailadresse! Dann haben wir's wenigstens, wenn sie dir doch das Handy wegnehmen."

„Gute Idee. Halt, und noch eins: Wenn wir wieder drin sind, machen wir noch ein paar Fotos – beide. Voneinander, von anderen, ganz egal. Ein paar hab ich vorher schon gemacht."

Kevin nahm einen letzten Zug und ließ seine Zigarette fallen. Auch Yeşim rauchte die ihre fast zuende, obwohl sie noch einmal husten musste. Danach gingen die beiden wieder hinein und tanzten engumschlungen miteinander.

Zumindest Yeşim gelang es aber nicht, sich in den Rhythmus der Musik fallen zu lassen, wie sonst. Sie musste daran denken, wie sie angegriffen worden war. Diesmal brauchte sie nicht auf Hakan zu hoffen; der war mit einigen Freunden in einer Disko am entgegengesetzten Ende der Stadt.

Kevin knipste noch einige Male herum. Soweit er sah, stand niemand auffällig oft in ihrer Nähe, doch inzwischen wurde das Gedränge größer, sodass er nichts Genaues mehr erkennen konnte.

In einem Pulk anderer Jugendlicher gingen Yeşim und Kevin schließlich zur Straßenbahn. Die war zu ihrem Glück voll mit verschiedensten Gruppen junger Leute, sodass es aufgefallen wäre, wenn jemand sie angegriffen hätte.

Beim Umsteigen wurde beiden mulmig, da nur wenige Leute an der Umsteigehaltestelle Christuskirche standen. Immerhin, von den drei jungen Männern, die mit ihnen ausgestiegen waren, fuhren zwei in Richtung Doku-Zentrum und einer überhaupt nicht mit der Straßenbahn weiter.

Von der Haltestelle Obere Turnstraße aus hatte Yeşim noch knapp zehn Minuten zu gehen. Kevin begleitete sie bis eine Ecke vor der Wohnung ihrer Eltern, wo er ihr den Abschiedskuss gab. „Rühr dich, wenn du daheim bist – SMS reicht; bloß, dass ich weiß, dass dir nichts passiert ist!", mahnte sie ihn. „Wer weiß, zu was die fähig sind!"

„Wenn bis jetzt nichts war, komm' ich schon noch heim, keine Angst!" Er küsste sie noch einmal, bis sie endgültig ging.

Er schaute ihr nach, bis sie ins Haus gegangen war und ging erst dann zur nächsten Bushaltestelle.

Nur wenige Meter vor der Wohnung der Cokbudaks stand ein Polizeiauto. Zwei Polizisten debattierten mit Jugendlichen. Einige Flaschen lagen am Boden.

Zu Hause schaute Yeşim nochmals ihre Kleidung durch, bevor sie ins Bad ging. Tatsächlich sah sie, dass irgendetwas an ihrem Top hängen geblieben war. Sie war sich nicht sicher, ob es wirklich eine Wanze war, legte den Gegenstand aber vorsichtshalber auf ihren Schreibtisch. Bei Tageslicht sah man vielleicht mehr.

Sie konnte lange nicht einschlafen. Ihr Handy, das sie aufs Nachtkästchen gelegt hatte, klingelte nicht und schließlich, gegen elf, hielt sie es nicht mehr aus: Sie rief ihrerseits Kevin an, erreichte aber nur dessen Mobilbox. Anschließend schrieb sie eine SMS, er möge sich rühren, doch auch die blieb unbeantwortet.

Am nächsten Morgen erreichte sie Kevin zwar, doch seine Stimme klang seltsam und er konnte sich an nichts mehr erinnern. „Mir ist kotzübel", sagte er. „Wie wenn ich mich ins Koma gesoffen hätt'. – Du bist okay, oder?"

„Ja, warum?"

„Hab gedacht, jemand hat uns was in die Getränke gemixt. Von einem Colaweizen werd' ich doch nicht besoffen."

„Vor allem nicht, wenn ich noch fast die Hälfte mitgetrunken hab. Da ist sicher was anderes gewesen. – Ach übrigens, hast du die Bilder schon an die Bullen geschickt?"

„Wie? Was für Bilder?"

„Die von dieser Annette wasweißich..."

„Hä? – Kenn keine Annette."

„Na, die Frau, die bei deiner Tante arbeitet und die gestern Abend mit Perücke auf dem Kopf im Blue Volga war."

„Annette – Perücke – Ach ja, Annett Landsberg. Was ist mit ihr los?"

„Hast du die Fotos noch?"

„Moment! Muss mal schauen!"

Nach kurzer Zeit meldete er sich wieder: „Verdammte Scheiße!"

„Was ist los?"

„Die Bilder sind gelöscht. – Und mein Geldbeutel ist weg."

„Ach du Sch...ande! – Dann hat sie uns doch gesehen. Gut, ich hab die Bilder ja auch. Ich mail' sie an die Bullen, und dann komm' ich. – Also bis gleich!"

„Musst du ned."

„Aber ich will. Ich kann doch nicht meinen Freund krank im Bett liegen lassen."

Sie mailte die Bilder an die Polizei, schrieb dazu, was Kevin über Annett Landsbergs normale Haarfarbe gesagt hatte, setzte sich aufs Rad und fuhr zu Kevin. Dessen Mutter war daheim und schien etwas verwirrt zu sein, als sie Yeşim sah, die offen zugab, Kevins Freundin zu sein.

„Darf ich reinkommen, Frau Leuthäusser?"

„Ja, klar. – Ich bin, kann man sagen, überrascht, und zwar positiv. – Er hat mir gesagt, dass er mit seiner Freundin weg war – und ich hab mir gedacht, in welche Kreise ist er denn jetzt geraten. Bisher war er noch nie richtig betrunken."

„Und ich schau nicht aus wie so ne Tussi, die ihn in irgendeine Bande reinbringt?!", riet Yeşim. „Da bin ich aber froh! Nein, er war auch nicht betrunken. Da muss hinterher was passiert sein."

Sie ging in Kevins Zimmer. Ihrem Freund ging es bereits besser, auch wenn er immer noch etwas benebelt war und sich nicht mehr erinnern konnte, ob er Annett Landsberg wirklich gesehen hatte. Yeşim zeigte ihm das Bild auf ihrem Handy und die Tatsache, dass sie es am Vorabend von ihm bekommen hatte.

„Keine Ahnung, ob die nicht mitgekriegt haben, dass ich das Bild auch hatte oder was los war", stellte sie fest.

„Ich glaub, irgendwann auf dem Heimweg hab ich Bullen gesehen. Keine Ahnung mehr, wann und wo."

„Jedenfalls, nachdem ich heim bin. Ich kann mich an keine erinnern – zumindest an keine in Uniform. Aber bei uns in der Nähe sind manchmal welche, weil da manchmal Typen abhängen und sich die Kante geben und da passiert halt auch mal was. Aber was anderes: Die haben dir den Geldbeutel geklaut, aber nicht das Handy?!"

„Zum Glück. Im Geldbeutel waren grade mal zehn Euro. Heute krieg ich Taschengeld und übermorgen helf' ich wieder mal bei Tante Iris. Das Handy ist über hundert wert. – Aber das lässt sich leicht erklären: Die haben die Bilder gelöscht und mir das Handy wieder gegeben und den Geldbeutel hat sich irgendein Asi, der hier in der Gegend wohnt, unter den Nagel gerissen. Kommt ab und zu mal vor."

„Könnte sein. Zum Glück ist dir nicht mehr passiert!"

„Die Frau hab' ich definitiv schon mal gesehen, und zwar mit dieser Frisur", murmelte Oberkommissar Kröber, als er sich das Bild Annett Landsbergs ansah. „Aber wo?"

Ein Anruf bei der Konditorei brachte nur die Information, dass sie diesen Samstag frei hatte und erst am Montag wieder arbeiten würde. Auch unter ihrer Privatadresse war die Frau nicht zu erreichen.

Am folgenden Tag gab es immerhin gute Nachrichten aus Regensburg: Die Kriminalbeamten waren dem von Maxim / Ivan / Oliver Neumann beauftragten Mann in eine Wirtschaft gefolgt und hatten erfolgreich verhindern können, dass er einen

Mann tötete. Der Killer, ein gewisser Sergej Jasow, war festgenommen worden und hatte tatsächlich ausgesagt, dass sein Auftraggeber Maxim hieß und das Foto wiedererkannt. Das Beinahe-Opfer, ein Ladenbesitzer in der Regensburger Altstadt, hatte ausgesagt, man habe versucht, von ihm Schutzgeld zu erpressen.

„So, dann schnappen wir uns Oliver Neumann!", sagte Kröber triumphierend zu seiner Kollegin. „Ich kümmer' mich um den Haftbefehl."

Der Haftbefehl traf bereits am Montag ein. Wie zu erwarten gewesen war, weigerte Oliver Neumann sich, ohne seinen Anwalt irgendetwas zu sagen. Über seinen Anwalt ließ er mitteilen, er kenne Sergej Jasow, weil er mit ihm ein Sprachtandem gemacht hatte. Seines Wissens studiere Jasow an der Fachhochschule, von dessen Mafia-Kontakten habe er nie etwas gewusst. Jasow habe ihm in der Woche davor erzählt, dass er nach Regensburg fahren wollte und er, Oliver Neumann, habe ihn gebeten, dort ein bestimmtes Buch, einen Katalog, den er einem Bekannten namens Peter Reiter geliehen habe, abzuholen. So wollte er Reiter die Postgebühren ersparen. Jasow habe ihm gesagt, er wolle einen Freund, der in Regensburg arbeite, besuchen.

„Hätte mein Mandant von den wahren Absichten seines Bekannten gewusst, hätte er es natürlich sofort gemeldet", schloss der Rechtsanwalt.

„Natürlich", antwortete Kommissar Kröber in einem Tonfall, der keinen Zweifel zuließ, dass er kein Wort glaubte.

„Mein Mandant sagt, Sie könnten Herrn Reiter jederzeit fragen. Auch die Adresse ist kein Geheimnis."

„Das glaube ich Ihnen durchaus. Sie hören wieder von uns, Herr Dr. Schmelzer!"

Als er in sein Büro zurückkam, erfuhr er von Kommissarin Peters, dass Annett Landsberg sich krank gemeldet habe, aber auch in ihrer Wohnung nicht zu erreichen sei.

„Haussuchungsbefehl und Fahndung!", befahl Kröber kurz. „Immerhin steht die Mitgliedschaft in einer kriminellen

Vereinigung und die Anstiftung zu einem räuberischen Überfall im Raum."

„Schon veranlasst. – Herr Kröber, kommt Ihnen das Gesicht auch bekannt vor?"

„Schon, aber so auffällig ist es nicht, dass das was sagt."

„Ich hab mir alle Fotos und Phantombilder von Frauen im entsprechenden Alter aus den letzten Jahren schicken lassen. Bis jetzt aber habe ich noch keine gefunden, bei der ich eindeutig sagen würde, das ist sie."

„Na, dann haben Sie ja zu tun und brauchen nicht mich nerven."

„Brauche ich Sie nicht zu nerven", verbesserte sie, ehe sie erneut das Bild einer jungen Frau auf dem Bildschirm vergrößerte, mit dem Annett Landsbergs verglich, den Kopf schüttelte und dies noch einige Male wiederholte.

„Gut, und ich ruf mal die Kollegen in Regensburg an, dass sie uns diesen Jasow mal vorbeibringen sollen von wegen Gegenüberstellung. Und am besten noch zwei, drei V-Leute wegen der gleichen Sache. Ein Zeuge reicht sicher nicht zum Weichkochen", erklärte Kröber mehr sich selbst als seiner Kollegin.

Birgit Peters' Suche blieb erfolglos. Hauptkommissar Tuschl versprach dagegen, Jasow am nächsten Tag nach Nürnberg bringen zu lassen. „Ich hab ihm auch schon erklärt, und er scheint es auch halbwegs zu kapieren, dass er sich das eine oder andere Jahr ersparen kann, wenn er uns hilft – oder auch das eine oder andere Jahr hier sitzen darf und nicht abgeschoben wird. Das nützt, glaub ich, mehr."

„Wenn sie ihn überhaupt abschieben können. Die Typen haben oft keine Pässe und wenn sie nicht freiwillig sagen, was für einen sie vorher hatten, kriegen wir's oft auch nicht raus", antwortete Kröber.

„Klar, die Russen sind auch nicht scharf drauf, ihre Kriminellen wieder zu kriegen. Kann uns aber egal sein. Hauptsache, er singt!"

„Hoffen wir's!"

Hauptkommissar Kröber war sich im Prinzip mit seiner Assistentin einig, dass man mit den V-Leuten vorher sprechen musste. Sicher wurden alle Untergebenen Neumanns bedroht, falls sie aussagten und ebenso sicher würde Dr. Schmelzer versuchen, alle Zeugen in Zweifel zu ziehen, solange Neumann nicht gestand – und danach sah es nicht aus.

Kröber ließ zunächst Mitja zum Schein festnehmen und verhörte ihn gemeinsam mit seiner Assistentin im Büro.

„Dass Maxim nicht wirklich Russe ist, hab ich mitbekommen, obwohl er verdammt gut Russisch spricht. Keine Ahnung, ob er Verwandte aus Russland oder länger dort gelebt hat. Wie er wirklich heißt, weiß, glaube ich, keiner von den Soldaten."

„Muss auch nicht sein", antwortete Kröber. „Es reicht, wenn Sie sein Gesicht erkennen – vor allem aber der V-Mann unserer Kollegen von der Wirtschaft, der das Gespräch zwischen ihm und Sergej Jasow mitgehört hat."

„Herr Kommissar, das können Sie nicht verlangen. Sie werden es erfahren und dann bin ich der nächste Tote."

„Erstens wird sich Neumann zweimal überlegen, ob er jemanden umbringen lässt, solange er noch ernsthaft glaubt, dass er freigesprochen wird. Zweitens können wir Ihnen eine neue Identität verschaffen. Drittens – und das ist das Wichtigste – was genau könnten Sie überhaupt über ihn sagen?"

„Das meiste, was ich weiß, habe ich Ihnen ja schon gesagt. Dass er sich Maxim nennt und dass er mich mal losgeschickt hat, um einen Mieter zu erpressen, eine Klage gegen seinen Vermieter fallen zu lassen."

„Haben Sie ,Maxim' und Sergej jemals miteinander reden gesehen?"

„Das ja, aber nicht genau mitbekommen, was sie gesagt haben. Ich kenn' Sergej nicht näher, er wohnt auch woanders."

„Herr Alexejev", mischte sich Kommissarin Peters ein. „Ich gebe Ihnen den guten Rat, sich genau zu überlegen, was Sie wissen. Sie haben ja bereits gestanden, dass Sie an mehreren Erpressungen beteiligt waren."

„Mit Zustimmung Ihres Kollegen Klein."

„Durchaus. Aber immer unter der Bedingung, dass Sie uns Informationen verschaffen. Wenn Sie damit aufhören, sind Sie für uns kein V-Mann mehr, sondern ein normaler Verbrecher." Sie machte eine kurze Pause. Auch die Männer schwiegen.

„Ich weiß, was Sie jetzt denken: Sie werden zu keiner längeren Haftstrafe verurteilt werden. Das stimmt, doch an Ihrer Stelle würde ich mir sehr genau überlegen, ob das gut für Sie ist. Im Prozess gegen Sie käme auf jeden Fall heraus, dass Sie als V-Mann gearbeitet haben. Ihre Kameraden dürfte das keinesfalls freuen."

„Sie...Sie wollen wir drohen?"

„Drohen nicht, da die Ausführung nicht an mir liegt. Sagen wir besser: Ich will Sie warnen. Wir werden Sie in diesem Fall nicht rund um die Uhr beschützen können. Was das heißt, können Sie besser beurteilen als ich. Wenn Sie weiter kooperieren, bekommen Sie, wie mein Kollege bereits gesagt hat, nicht nur Straffreiheit, sondern auch eine neue Wohnung in einer anderen Stadt und ganz legal einen neuen Pass. Wenn nicht – nun, dann zählen Sie zwei und zwei zusammen, was Ihnen blüht! – Und, falls Sie wissen, wer sonst noch V-Mann ist, sagen Sie Ihren Kollegen dasselbe!"

Mitja versprach schließlich, gemeinsam mit Sergej und anderen zur Gegenüberstellung zu kommen.

„Respekt, Frau Kollegin! Hätte nicht gedacht, dass Sie so streng sein können!", lobte Kröber, als Mitja gegangen war.

„Schließlich hab ich auf der Schauspielschule auch die Rolle des bösen Cop gelernt", antwortete die Angesprochene bescheiden.

„Sie waren auf einer Schauspielschule?"

„Na ja, man kann auch Polizeischule, Lehrgang Verhörführung, sagen. Und da hieß es eben auch, dass man immer, wenn man merkt, dass der Kollege keinen Erfolg hat, die andere Rolle übernimmt – also guter Cop, wenn der Kollege mit Strenge nichts erreicht und böser Cop, wenn der Kollege im Guten nichts erreicht. – Wenn Sie mich also bisher meist als guten Cop erlebt haben, können Sie sich den Grund leicht vorstellen!"

„He! Seien Sie nicht so frech zu Ihrem Chef!", ermahnte Kröber sie, musste jedoch grinsen.

Er selbst hatte wenigstens insofern Erfolg, als Jurij Litowtschenko sich relativ leicht zur Aussage gegen Neumann bewegen ließ. Stolz berichtete er dies seiner Assistentin. „Wenn die Kollegen bei der Wirtschaft, die den V-Mann betreuen, der Neumann am Freitag mit Jasow reden gehört hat, auch Erfolg haben, dann haben wir Neumann in der Zange!", schloss er. Birgit Peters nickte.

Kurz darauf schlug Kröber sich mit der Hand auf die Stirn: „Ich Doldi!", rief er.

Maxim und Eva

„Was ist denn los?", fragte Kommissarin Peters verständnislos. „Natürlich kenne ich diese Annett Landsberg – und Sie genau so." Er zog das Foto nochmals heraus. „Denken Sie doch an unseren Freund Litowtschenko!"

Nun klopfte auch sie sich an den Kopf. „Stimmt! Sieht so aus wie diese Ewa Jawlinska."

„Worauf warten Sie noch? In die Fahndung mit den Informationen!", bellte Kröber in seiner gewohnten Stimmlage.

Er selbst rief im Untersuchungsgefängnis an und befahl, Jurij Litowtschenko zu holen. Der sagte aus, Maxim sei mit Sicherheit kein Russe und sehe so aus wie Oliver Neumann auf dem Foto, das der Erkennungsdienst gemacht hatte. Er bestätigte, dass seine Freundin im Beruf einen anderen Namen gebrauchte – soweit er wisse, sei Landsberg der Mädchenname ihrer Mutter, die deutsche Staatsbürgerin sei, und Annett ihr zweiter Vorname. Er habe sie als Ewa kennen gelernt. Ob sie unter dem anderen Namen auch eine Wohnung gemietet habe, wisse er nicht, könne es sich aber nicht vorstellen. „So viel verdient sie auch nicht, glaub' ich."

Oliver Neumanns Anwalt Dr. Schmelzer hatte, nachdem es ihm nicht gelungen war, die Untersuchungshaft zu verhindern, erwirkt, dass für die Gegenüberstellung gezielt Männer gesucht wurden, die Neumann ähnlich sahen.

Am Dienstag lief es schlecht für die Polizei: Mitja erkannte Neumann zwar, konnte ihn aber nur wegen versuchter Erpressung beschuldigen. Neumann stritt ab, ihn zu Gewaltanwendung aufgefordert zu haben. Sergej Jasow erkannte ihn ebenfalls, blieb auch bei seiner Aussage, doch Peter Reiter tauchte tatsächlich auf und gab an, Jasow habe ihn erst am Nachmittag besuchen wollen. Jurij Litowtschenko konnte Neumann alias Maxim gar nicht sicher identifizieren.

„Das dürfte es dann wohl gewesen sein", kommentierte Dr. Schmelzer schneidig. „Sie sehen, dass die Vorwürfe gegen meinen Mandanten absurd sind."

„Immerhin bleibt der Vorwurf der Erpressung bestehen", gab Oberkommissar Kröber zurück. „Ihr Mandant hatte mit der organisierten Kriminalität zu tun und im Dunstkreis der Leute, mit denen er dabei in Kontakt kam, ist der Mordversuch passiert. Das reicht jedem Untersuchungsrichter."

„Das werden wir sehen!"

Am Abend gab Dr. Schmelzer bekannt, sein Mandant wolle teilweise gestehen. Neumann erklärte, er habe damals einen Mitarbeiter eines Inkassobüros gekannt. Daher habe er einem Freund, der über einen säumigen Mieter klagte, dieses Büro empfohlen. Dass es kriminell arbeitete, habe er nicht wissen können.

„Das Märchen glauben Sie doch selber nicht", fuhr Kröber ihn laut an.

„Wir sind nicht mehr in der Kaiserzeit, dass ein Polizist so mit unbescholtenen Bürgern umgehen kann", wies Dr. Schmelzer ihn zurecht.

„Ich würde mich weniger drastisch ausdrücken als der Kollege." Kommissarin Peters schien nun wieder die Rolle des guten Cop spielen zu wollen. „Aber auch mir fällt es schwer, Ihnen zu glauben, zumal zwei Zeugen Sie eindeutig belasten."

„Zwei Zeugen, die sich möglicherweise abgesprochen haben. Immerhin gehören beide zur gleichen Mafiazelle, mit der Sie meinen Mandanten in Verbindung bringen wollen."

„Herr Dr. Schmelzer, es ist Ihr gutes Recht und wohl auch Ihre Pflicht, an die Unschuld Ihres Mandanten zu glauben. Den Beweis, dass die beiden Zeugen sich kennen und abgesprochen haben müssten allerdings Sie führen", blieb sie hart.

„Sie müssen zugeben, dass alles dafür spricht, dass sie sich kennen."

„Ansichtssache. In meinen Augen spricht alles dafür, dass Ihr Mandant beide beauftragt hat. Sie wollen mir das Gegenteil belegen – und ich muss meine Position beweisen, denn wie wir beide wissen gilt im Strafrecht die Beweispflicht der Anklage, in dubio pro reo. Wenn Sie den Zeugen allerdings unterstellen, sich abgesprochen zu haben, sei es, um Ihrem Mandanten zu schaden, sei es, um jemand anderen zu schützen, erheben Sie selbst einen strafrechtlich relevanten Vorwurf."

„Frau Kommissarin, ich brauche keine Rechtsbelehrung. Ich habe dieses Fach studiert."

„Das weiß ich, Herr Anwalt. Ich will Sie auch nicht belehren – ich möchte nur meine Meinung kundtun, dass Ihre Strategie mir nicht besonders geschickt erscheint.

Mein Kollege und ich halten den Antrag auf Fortführung der Untersuchungshaft aufrecht und ich vermute, der Staatsanwalt wird es ähnlich sehen. Sollte Ihr Mandant also mehr wissen als er bis jetzt zugibt – was ausdrücklich nicht ausschließt, dass die Vorwürfe gegen ihn zumindest teilweise falsch sein könnten – wäre es geschickter, wenn Ihr Mandant gestände und uns mitteilen würde, was er wüsste. Darüber sollten Sie mit Herrn Neumann ernsthaft reden – je mehr wir herausfinden müssen, desto härter kann das Urteil ausfallen, wie Sie ebenfalls wissen sollten."

„Ich bin Ihnen keine Rechenschaft über die Gespräche mit meinem Mandanten schuldig und verbitte mir in seinem Namen jegliche Unterstellung."

„Ich versichere Ihnen hiermit vor Zeugen, dass ich Ihrem Mandanten über den Verdacht, den ich geäußert habe und aufgrund dessen ich von Amts wegen die Staatsanwaltschaft anrufen muss, hinaus, nichts unterstelle und entschuldige mich, falls der Eindruck entstanden sein sollte."

„Den Rest wird der Untersuchungsrichter entscheiden", fügte Oberkommissar Kröber hinzu. „Auf Wiedersehen, Herr Dr. Schmelzer! Auf Wiedersehen, Herr Neumann!"

Zwischen Yeşim und Kevin war es am Sonntag zum Streit gekommen, da sie darauf bestanden hatte, dass er seine Tante wegen Annett Landsberg informieren müsse, er das jedoch ablehnte. Er glaubte, dass es nichts bringen würde, da die Polizei dies ohnehin tun würde und wollte seine Tante nicht noch mehr beunruhigen und – wenn er das auch nicht zugab – nicht seinen lukrativen Job verlieren.

„Was heißt da, beunruhigen?", fuhr sie ihn an. „Die Frau ist mit schuld dran, dass dein Onkel umgebracht worden ist – oder steckt zumindest mit denen, die ihn umgebracht haben, unter einer Decke. Das muss deine Tante wissen."

Als Kevin seine Tante schließlich doch informierte, wusste diese bereits von der Polizei, was Sache war. Sie bemühte sich, es sich nicht anmerken zu lassen, doch merkte Kevin, dass sie viel stiller war als sonst. Sie war streng zu ihren Angestellten und hatte, wie Kevin wusste, schon bei manchen die Probezeit nicht verlängert, doch wenn jemand einmal ihr Vertrauen hatte, setzte sie sich für ihn ein und ließ durchaus auch Extravaganzen zu.

„Ich hätte ihr das nie zugetraut", sagte sie unter Heulen, „und ich kann mir nicht vorstellen, dass sie einverstanden war, dass der Onkel Arno umgebracht wurde. Nein, das passt einfach nicht zu ihr!"

„Aber wie hätte das sonst alles passieren sollen? Dass sie mir aufgelauert haben, nachdem die Polizei hier war, dass Yeşim angegriffen worden ist, dass sie meine Handybilder gelöscht haben…", ereiferte sich Kevin.

„Kann ja sein, dass du Recht hast, aber ich will es einfach nicht glauben. Die Frau Landsberg war so nett und so tüchtig, das kann einfach nicht sein."

Nachdem Kevin wieder daheim war, überredete er Yeşim, auch mit Timo und gegebenenfalls Sascha zu sprechen. „Sascha gehört mit zum Team, das dieses „Blue Volga" betreibt" sagte er. „Entweder sie haben mit der Bande was zu tun – dann sind sie für mich gestorben und rat' ich auch allen, die ich kenne, dass sie nie mehr dorthin gehen – oder eben nicht, dann sollen sie Bescheid wissen."

„Ok, einverstanden."

Er rief gleich darauf Timo an, der ebenso erschrocken war wie er selbst, als er hörte, was passiert war. Timo hatte auch Saschas Nummer. Kevin schrieb diesem eine SMS und erhielt postwendend eine Einladung, sich gemeinsam mit Yeşim, Sascha und dessen Vater im Büro des Blue Volga zu treffen. Am kommenden Freitagnachmittag, dem letzten Tag vor Heiligabend, hatten alle vier Zeit.

„Polizei war schon hier", berichtete Saschas Vater, Herr Nikolajew. „Und haben gefragt, was wir wissen überr Jewa. Ich kann nur sagen, es tut mir sehr leid, was hier ist passierrt. Ich lasse mir nicht von allen Leuten, die chier mithelfen, Ausweise zeigen. Eins aber ist klar: Jewa kommt nicht mehr chiercher. Wir wollen nur, dass ihr wisst, dass wir chaben nichts mit diesen Leuten zu tun – Die Mafia ist ein Problem in Russland, klar, aber nicht alle Russen finden das gut, so wie nicht alle Deutschen Nazis sind und nicht alle Türken ihre Frauen und Töchterr einsperren." Er sah Yeşim an.

„Wir machen chier viele Sachen, Disko eben, aber auch Sprachkurse, Nachhilfe, Musiker treten auf, wir geben Tipps, wie man Visum bekommt; manches gibt Geld, manches weniger. Wir wollen Russlanddeutschen chelfen chier besser zurechtkommen und Deutschen Informationen über Russland geben. Ein Kulturzentrum, wie Türken und Italiener schon einige chaben. Es kann jeder kommen, aber es gibt zwei Sachen, die nicht gehen, das sind Prügeleien und das ist alles, was mit Mafia chat zu tun!

„Wahrscheinlich fragen euch die Bullen demnächst sowieso dasselbe", meinte Sascha und aktivierte das Netbook, das auf dem Tisch stand. „Alle Fotos, die ich gemacht oder bekommen habe, auf denen Jewa – oder Annett oder wie immer – zu sehen ist. Kann es sein, dass einer von den Typen, die mit drauf sind, hinter euch her war?"

Er spielte die Bilder langsam ab. Beim vierten davon rief Yeşim: „Stopp! – Ich glaub, der war mit uns in der Straßenbahn, ist aber bei der Christuskirche nicht ausgestiegen."

Kevin schüttelte den Kopf: „Allerweltsgesicht. Kann sein, dass der mit uns in der Straßenbahn war, kann auch nicht sein."

„Wenn er es war, muss er gewusst haben, wo er hinmuss", spann Sascha Yeşims Gedanken weiter.

„Klar wissen die Typen, wo ich wohn'. Waren ja schon mal bei mir – und dass ich dich heimbringen würd', haben sie mir zugetraut", antwortete Kevin

Herr Nikolajew legte die Stirn in Falten: „Was mich aber wundert: Wenn sie gesehen chaben, dass du Jewa chast fotografiert, dann können sie auch denken, dass deine Freundin das weiß – und wenn Fotos sind am nächsten Tag weg, mehr – wie sagt man?"

„Hat man eher einen Verdacht als wenn sie nichts machen?", vermutete Sascha für seinen Vater.

„Ja, danke! – Also, wenn, dann sie chätten auch Yeşim betäuben müssen."

„Wollten sie vielleicht auch", erinnerte sich Kevin. „Aber bei ihrem Haus waren Bullen."

„Kann jemand von der Bande wissen, wo du wohnst?", wandte Sascha sich an Yeşim.

Die überlegte kurz. „Schon möglich. Was sie sicher wissen, ist, dass ich Kevins Freundin bin, weil sie uns schon mal bei ihm gesehen haben. Natürlich kann jemand auch mir nachspioniert haben."

„Wenn sie aber wissen, dass er dich nicht erst am Freitagabend abgeschleppt hat", nahm Sascha den Faden auf, „dann hätten sie sich denken können, dass er dir alles erzählt hat und du die Bilder auch hast. Also hätten sie entweder dir auch das Handy wegnehmen müssen oder es ganz bleiben lassen."

Sein Vater schüttelte den Kopf und sagte etwas auf Russisch zu ihm. „Zwei Zeugen immer besser als einer", warf er schließlich laut ein. „Eins aber ist klar: Sie chat spät gemerkt, dass du Fotos chast gemacht und die Leute, die sie chat geschickt, waren nicht professionell."

„Im Gedränge haben sie sich vielleicht nicht angreifen getraut", warf Kevin ein.

„Im Gedränge aber kannst du sofort Sachen wegnehmen, ohne dass jemand merkt. Ist mir schon passiert."

Yeşim und Kevin hatten noch keine näheren Erfahrungen mit Taschendieben gemacht, wussten aber, wie schnell diese sein konnten. So nickten beide.

„Wisst ihr eigentlich sonst mehr über diese Frau?", fragte Kevin.

„Was meinst du?", fragte Sascha zurück.

„Dieser Paul hat doch gesagt, sie hat einen Freund. Stimmt das? Oder mit wem sonst hat sie sich hier häufiger unterhalten?"

„Haben uns die Bullen auch schon gefragt. Also, ich hab nie mitgekriegt, dass sie jemand geküsst hat oder so. Was der Paul gesehen hat, musst du ihn fragen. Sie hat schon mal länger mit jemand telefoniert – auf Weißrussisch oder Ukrainisch, bin mir nicht ganz sicher – aber das kann auch ein Verwandter gewesen sein.

Auf jeden Fall hat sie sich mit einem Mann einmal fürchterlich gestritten. Der kam dann aber nie wieder."

„Wann war das?", wollte Yeşim wissen.

„Kurz nach den Sommerferien, also Ende September, glaub ich", antwortete Sascha.

„Wegen was haben sie gestritten?", fragte Kevin.

„Hab's nicht mitbekommen. Hab ihn auch nicht gesehen, nur brüllen gehört. Ein Kumpel hat erzählt, sie haben sich ziemlich beschimpft und der Typ ist dann weg und hat zum Abschied gebrüllt ‚dann lass es halt bleiben, du Schlampe!' und sie hat zurückgebrüllt ‚Verschwinde, Drecksjud!'".

„Das muss nicht heißen dass der Mann wirklich war Jude – manche sagen das so wie auf Deutsch ‚Arschloch!'", ergänzte sein Vater.

Yeşim zog ihr Handy aus der Tasche und suchte unter ihren Fotos und Videos, bis sie das Video des Mannes, der sie vor dem Bazar angegriffen hatte, fand. „Sah der Mann so aus?", fragte sie.

„Auch das haben die Bullen schon gefragt. Nein, der war es nicht. Das Gesicht hab ich nie gesehen."

Ein junger Mann mit etwas längeren, dunklen Haaren kam in den Raum und unterhielt sich kurz auf Russisch mit Saschas Vater.

„Das ist Wolodja", erklärte Sascha. „Er hat Jewa und den Mann gehört. Er sagt, er wollte damals schon die Polizei holen. Er sagt auch…"

„Nicht alles übersetzen, Sascha! Wolodja kann Deutsch", unterbrach sein Vater.

„Jewa sagt, mach ich nicht. Typ sagt, wenn du nicht machst, Jurij tot – Jewa chat ihn genannt Idiot, Schwein, Arsch. Ich war in Küche, aber dann ich raus, weil ich chab gedacht, Typ bringt Jewa um."

„Jurij sagst du?", brüllte Saschas Vater. „Wer ist dieser Jurij?"

„Weiß nicht. Typ weg wie ich komm."

„Verdammt, warum chast du Jewa nicht gefragt? Was sagt sie von Typ?"

„Wollte nicht sagen. Konstantin Iljitsch, Sie auch nicht Jewa gefragt?"

Saschas Vater verfiel ins Russische, sodass Yeşim und Kevin zwar nicht verstanden, was er sagte, wohl aber, dass er ziemlich erregt war.

„Papa sagt, er hat geglaubt, der Typ war Jewas Ex oder so", übersetzte Sascha leise. „Daher hat er ihn nicht gefragt, als er sie mal streiten gehört hat. Aber wenn er, also Wolodja, das hier mitgekriegt hat, hätte er nachfragen müssen. Das hört sich nach Mafia an."

„Durak!", war das letzte Wort von Saschas Vater. Wolodja schlich mit hängenden Schultern aus dem Raum.

„Er muss zu Polizei, Wolodja, der Idiot!"

„Hast du eine Ahnung, wer dieser Jurij sein könnte?", fragte Sascha seinen Vater.

„Der Typ auf meinem Video heißt Jurij", antwortete Yeşim für ihn.

„Woher weißt du das?"

„Hab ja erzählt, er hat mich auf der Straße angegriffen. Die Bullen haben ihn ein paar Tage später geschnappt und ich musste als Zeugin aussagen."

„Also entweder ist Jurij Jewas Freund…", begann Sascha.

„Nix oder! Natürlich", unterbrach sein Vater. „Sascha, die Sache ist doch klar. Dieser Typ wollte Jewa – wie sagt man – erpressen. Ich bin sicher, die sind alle in der gleichen Mafiabande. – Du chast Jurij nicht gesehen?"

Sascha schüttelte den Kopf.

„Dann ruf Paul an!"

Sascha zog sein Handy aus der Tasche, ging die Telefonbox durch, schüttelte den Kopf, brummte etwas auf Russisch und drückte dann eine Taste. „Hi Artur, hier ist Sascha!", rief er einige Sekunden später ins Telefon. „Sag, hast du die Nummer vom Paul? Ich – ich hab versehentlich den Stick von ihm eingesteckt, wollte ihn ihm zurückgeben. – Danke, Ciao!"

Kurze Zeit später piepste sein Handy, offenbar eine SMS mit der richtigen Telefonnummer.

Sascha erreichte Paul tatsächlich und sprach einige Zeit mit ihm.

„Also: Paul weiß nicht, wie Jewas Freund heißt. Er hat sie nur gesehen", berichtete er schließlich. Er sagt, vom Reden her ist er Ukrainer. Er glaubt, er würde ihn auf dem Foto erkennen. Er kommt sowieso in einer halben Stunde, weil er sich mit ein paar anderen zum Kickern verabredet hat. Er sagt, er schaut, dass er's eher schafft. Entweder ihr wartet so lang oder du, Yeşim, überspielst mir das Video."

Yeşim wollte warten, allein aus Neugier, ob Annett Landsberg wirklich Jurijs Freundin war. Kevin fand, man könne die Zeit zum Kickern nutzen. Sie wollten zuerst auslosen, wer als erstes spielen durfte, doch ein Mädchen, das Sanja hieß, fragte schließlich, ob sie mitspielen dürfe und so spielten Yeşim und Kevin gegen Sanja und Sascha. Es stand 4:3 für letztere als Konstantin Iljitsch Nikolajev gemeinsam mit Paul den Kicker- und Tischtennisraum betrat.

„Ich stör' euch nicht lange, wenn ihr in zehn Minuten den Tisch wieder freigebt, da haben wir uns nämlich eingetragen", sagte Paul. „Aber wo ist jetzt das Video?"

Yeşim zeigte es ihm. Paul nickte. „Hm, weiß nicht, aber ich glaube, das ist er."

„Würdest du das auch der Polizei sagen – ich meine, dass Jewa Jurijs Freundin ist, weil den haben sie schon", fragte Kevin.

„Dass er Jurij heißt, hör ich zum ersten Mal. Aber sonst: Klaro!"

„Also, was ist?", forderte Sascha. „Spielen wir noch fertig oder nicht?"

Bis Pauls Spielpartner eintrafen, stand es 6:6. Einen Entscheidungsball handelte Sascha noch aus. Yeşim verfehlte zuerst, was Sanja, die die Abwehrreihen bediente, die Möglichkeit zum Spiel nach vorne gab, doch Kevins Torwart hielt Saschas Schuss. Mit der zweiten Reihe bekam er den Ball unter Kontrolle, schoss nach vorne, der Ball prallte vom Holz zurück, doch Yeşim erwischte ihn und verwandelte. Zur Belohnung erhielt sie einen Kuss von Kevin.

Als die beiden den Raum verließen, sahen sie auf einem Treppenabsatz Paul telefonieren. Er sprach Russisch, sodass sie nichts verstanden.

„Was meinst du, warum er rausgegangen ist?", fragte Yeşim, nachdem sie das Haus verlassen hatten.

„Keine Ahnung. Vielleicht wollte er nicht, dass ihm jemand zuhört."

„Aber warum? Und warum ruft er noch jemand an, wenn er und seine Kumpels doch sofort Kickerspielen wollen?"

„Weißt du, ob er jemand anders angerufen hat oder der andere ihn?"

„Ich hab nichts klingeln gehört", bestand Yeşim auf ihrer Meinung.

„Hab nicht aufgepasst. Nur Frauen können sich während dem Spiel noch auf so was konzentrieren."

„Hab ja trotzdem das Tor gemacht."

„Ich sag ja schon nichts mehr. – Glaubst du, er hat die Landsberg angerufen? Aber er hat doch vorher gewusst, dass Annett Jurijs Freundin war."

„Aber vielleicht nicht gewusst oder geglaubt, dass Jurij mich angegriffen hat oder ich wirklich ein Video habe, auf dem er zu erkennen ist."

Kommissarin Peters, die am Freitagabend Dienst hatte, hatte einige Schwierigkeiten, das Deutsch des Zeugen zu verstehen. Immerhin konnte er aber nicht nur aussagen, dass Annett Landsberg alias Ewa Jawlinska die Freundin Jurij Litowtschenkos war, was die Polizei ohnehin wusste, sondern auch von einem Streit dieser Frau mit einem Mann, der offenbar zum organisierten Verbrechen gehörte, berichten.

Sie zeigte ihm mehrere Fotos und Phantombilder auf dem Computer und fragte, ob einer dieser Männer der sein könne, den er im ‚Blue Volga' gesehen hatte. Er schüttelte jedes Mal den Kopf. Die Kriminalistin wollte bereits aufgeben, als ihr eine neue Idee kam: Sie öffnete eine andere Datei und zeigte ihm ein Foto: „Kann er das sein?"

„Ja. Das dieser Mann, sicher. Er chat gesprecht mit Jewa."

Liebende auf der Straße

„Ich habe eine Weihnachtsüberraschung, Chef", sagte Kommissarin Peters mit einem Grinsen, als Oberkommissar Kröber das Büro betrat.

„Der Beck kriegt einen Schreibtischposten in München oder Berlin? Oder lassen Sie sich versetzen?"

„Nee, mich werden Sie noch länger ertragen müssen. Unsere Annett Landsberg alias Ewa Jawlinska kennt den Ermordeten vom Christkindlesmarkt vor drei Wochen."

„Woher wissen Sie das?"

„Ein Herr namens Wolodijmir Bereschin war vor einer Stunde hier und sagte aus, sie habe sich einige Wochen vor seiner Ermordung mit ihm, also dem später Ermordeten, gestritten. Er habe ihr gedroht, einen gewissen Jurij zu ermorden. Herr Bereschin wusste leider den Namen nicht, aber erkannte das Foto wieder."

„Dann brauchen wir diese Landsberg oder Jawlinska umso dringender – und bis dahin knöpfen wir uns unseren Jurij Litowtschenko nochmal vor."

„Er hatte doch abgestritten, den Toten zu kennen."

„Er hat auch behauptet, er kann kein Deutsch. Wir stellen klar, dass wir wissen, dass der Mann seine Freundin angegriffen hat und gedroht hat, jemanden umzubringen, der heißt wie er – keine Ahnung, wie häufig der Name Jurij in Russland oder der Ukraine ist, aber ein Motiv ist das allemal."

Die Befragung ergab jedoch keine näheren Anhaltspunkte. Litowtschenko gab zwar seine Lüge zu, behauptete aber, sonst nichts über den Toten zu wissen. Er habe Alexej geheißen und sich an Ewa herangemacht, weshalb es auch zum Streit zwischen den beiden Männern gekommen sei. Auf die Frage, ob Alexej mit der Mafia zu tun gehabt habe, antwortete Litowtschenko, er glaube das, wisse aber nichts Näheres: „Ich kenne nur die Leute aus meiner Zelle. Ich weiß auch nicht, was genau die Männer gemacht haben, die mit mir in der Wohnung gelebt haben. Pawel war auch in meiner Zelle, das ist, was ich weiß."

Ob Neumann Alexej kannte, könne er nicht sagen: „'Maxim' hat uns die Befehle gegeben. Es gibt aber sicher noch ein, zwei andere Mittelsmänner zwischen den Paten und den Soldaten hier in Nürnberg. Kann sein, dass jemand anderer für ihn zuständig war", ließ er über den Übersetzer mitteilen.

Auch zu einem möglichen Aufenthaltsort seiner Freundin schwieg er weiterhin. Er gab auch an, nicht zu wissen, ob ihre Mutter noch lebte oder ob Annett Landsberg alias Ewa Jawlinska noch Geschwister habe.

„Der lügt", kommentierte Oberkommissar Kröber, als sie wieder ins Büro zurückkamen. „Ich frag mich bloß, wen er schützt – Annett Landsberg, sich selber oder alle beide."

„Ein Motiv hätten beide", stellte Kommissarin Peters fest. „Dennoch kann es natürlich auch sein, dass Alexej oder wie er sonst heißt, in Ungnade gefallen ist und seine Oberen ihn umbringen ließen. – Glauben Sie, es bringt etwas, Neumann nochmals zu befragen?"

„Wohl kaum. Der hat ja schon ausgesagt, dass er den Toten nicht kennt; entweder das stimmt oder Litowtschenko weiß nichts oder er traut sich nicht, gegen den Neumann auszusagen. Wenn Neumann was weiß, wird er es nicht sagen, weil gegen ihn haben wir nicht mehr in der Hand als letzte Woche. Glaub kaum, dass der sich selber die Hände schmutzig macht."

Wie üblich war die Vorweihnachtszeit für Iris Blechschmidt mit viel Stress verbunden. Das plötzliche Verschwinden Annett Landsbergs machte die Sache für die Chefin und die Kollegen nicht einfacher. Die Konditorin war froh, dass ihr Sohn Marcel und oft auch ihr Neffe Kevin tüchtig anpackten, wenn das nötig war und vor allem auch, dass ihre „gute Seele" Monika Brunner klaglos Überstunden schob.

Moni war eigentlich eher eine gute Freundin als eine Angestellte. Sie arbeitete seit vierzehn Jahren im Betrieb, war eigentlich Verkäuferin, verstand aber auch einiges vom Backen, sodass sie auch in der Backstube aushelfen konnte. Als einzige aus dem Team duzte sie die Chefin. Sie hatte Iris Blechschmidt nach der Ermordung ihres Mannes ebenso Trost gespendet wie diese ihr seinerzeit in der Ehehölle mit ihrem Ex-Mann.

Auch heute half Moni nach 18 Uhr beim Aufräumen, allerdings nur kurze Zeit.

„Ich pack's dann, Chefin, okay?", rief Moni ins Büro. „Nur, dass du Bescheid weißt – dass du ned meinst, ich lass mir Überstunden anrechnen, die ich gar ned gemacht hab. Schönen Abend!"

„Schönen Abend, Moni!" Iris Blechschmidt stand auf und ging hinaus zur Garderobe. „Dir glaub ich's, egal, was du in die Liste reinschreibst. Also, mach's gut."

Moni hängte ihren Arbeitskittel auf. „Ach übrigens – du hast nix mitbekommen, dass da drüben was renoviert worden ist, oder?"

„Wo drüben? Da, wo jetzt dieser Fotograf drin ist? Nö. – Wie kommst du plötzlich da drauf?"

„Hab kürzlich mit dem Tom drüber geredet, weißt ja, der arbeitet beim Bauamt." Tom war Monis neuer Freund. „Hab ihm natürlich erzählt, was hier abgeht, nachdem diese Sch.... – diese Annett weg ist. Und da sind wir drauf zu sprechen gekommen – ich hab das doch richtig in Erinnerung, dass es da geheißen hat, da muss renoviert werden und dein... – und der Chef der Meinung war, das stimmt ned?! Weißt du, was da rausgekommen ist?"

„Nö, ich hab mich nimmer drum gekümmert. Ich hab andere Sorgen gehabt, nachdem dass der Arno umgebracht worden ist, und danach, wie ich wieder nen klaren Kopf gehabt hab', hat der Faber den Laden schon verkauft gehabt." Sie überlegte. „Ja, er hat mal was erzählt, wie er gehört hat, der Faber hätt' schon nen Käufer und dass er ihm auch erzählt hat, wie viel dass der gezahlt hat – er hat gesagt, er würd' sich schämen, so wenig zu bieten, selbst wenn er den Faber nicht kennen würd'."

„Wollte er nicht selber mal den Laden kaufen?"

„Wollte er, vor fünf Jahren, wie der alte Faber Pleite gemacht hat. Damals hat er auch einen Gutachter geholt, weil er sicher sein wollen hat, ob er renovieren muss oder nicht.

Mit dem Fabers Heinz, war er ja befreundet. Dann aber hat der Cousin vom Heinz übernommen – klar, ich würd auch eher an einen Verwandten verkaufen, der mich obendrein noch weiterbeschäftigt, wenn ich schon verkaufen müsst'.

Ja, was der Arno erzählt hat, war der Heinz oft über Kreuz mit seinem Cousin, aber der hat sein Geschäft verstanden – bis dass die Stadt gekommen ist und Renovierungen verlangt hat, die über eine halbe Million gekostet haben – das hat ein kleiner Metzger natürlich ned ohne weiteres, auch wenn er noch so tüchtig ist."

„Und dann bringen sie deinen Mann um und dann kauft der Karmann oder wie der heißt, also der Fotograf, den Laden praktisch für lau und nix passiert – also, wenn da ned was faul ist, dann kannst mich gleich jetzt rausschmeißen, Iris . – Hast du der Polizei nichts gesagt?"

„Sie haben damals geglaubt, dass es um Schutzgeld ging, aber rausgekommen ist nichts – bis eben vor drei Wochen der Mord drüben in Nürnberg passiert ist."

„Dann geh ich in nächster Zeit mal rüber nach Nürnberg und sag ihnen das."

„Willst du das echt alles sagen?"

„Was alles? Ist es vielleicht eine Schande, wenn ich als dienstälteste Angestellte manches mitkrieg? Oder dürfen ein Konditor und ein Metzger nicht befreundet sein, wenn ihre Geschäfte nebeneinander liegen? Oder ist es verboten, dass eine geschiedene Konditoreiverkäuferin und ein früh verwitweter Beamter bei der Stadt was miteinander haben?"

„Das nicht – aber meinst du, dein Freund hätte einfach drüber reden dürfen?"

„Warum nicht? Ist doch kein Staatsgeheimnis, ob ein Haus renoviert werden muss oder nicht. – Aber jetzt muss ich echt. Mach's gut, Iris! "

„Mach's besser! Und schöne Grüße an deinen Tom, unbekannterweise!"

Normalerweise freute sich Yeşim ebenso auf Weihnachten wie andere Kinder – weniger wegen der Geschenke, die es im Hause Cokbudak eher zum Zuckerfest gab, obwohl sie und ihre

Eltern zum Islam kaum mehr Bezug hatten als zum Christentum. Allerdings hatte sie es immer genossen, dass ihre Eltern an Weihnachten zwei Tage ausschließlich für die Kinder Zeit hatten; ansonsten standen sie sechs Tage in der Woche von früh bis spät im Laden und selbst sonntags musste die Mutter manchmal backen und der Vater saß über Rechnungen oder hatte etwas zu reparieren.

Dieses Weihnachten war anders: Sie hatte von Kevin eine wunderschöne, selbstgemachte Kette und einen dazu passenden Armreif, sowie von Sonja deren hellgrünen Pullover, der dieser zwar tadellos stand, aber nach Sonjas Geschmack zu weit war und ihre Figur zu wenig betonte, bekommen. Ihr, Yesim, passte der Pullover recht gut. Ihr Busen kam damit gut zur Geltung und ihr Bauch – na ja, Kevin hatte sich ja nie daran gestört, dass Yesim nicht gerade Modelmaße hatte. Dumm nur, dass Kevins Kette mit dem leuchtenden Kristall nicht zu dem Pullover passte.

Anders als sonst an Feiertagen und verlängerten Wochenenden hatte Yesim allerdings wenig Sinn für Spiele mit ihren Eltern – solange gelegentliche Chats per Smartphone der einzige Kontakt zu Kevin blieben. Sie konnte sich beim Scotland Yard nicht richtig konzentrieren und ermöglichte so Hakan als Mr. X die Flucht.

Am Zweiten Weihnachtstag verabredete sie sich mit Kevin und benutzte wieder einmal Sonja als Alibi. Diese schien derzeit ohnehin ebenfalls etwas am Laufen zu haben, wovon sie weder ihrer Mutter noch ihren Freundinnen erzählen wollte und so war es kein allzu großes Problem.

Einige Zeit saßen sie in Kevins Zimmer zusammen, doch irgendwann beschlossen sie, lieber spazieren zu gehen, zumal es für Dezember ziemlich warm war. Engumschlungen gingen sie die Fürther Straße entlang, kauften sich bei einem türkischen Bäcker, der offen hatte, süßes Gebäck und fütterten sich gegenseitig damit.

„Iih, das klebt, das ist das Blöde dran", fand Yeşim. Kevin hatte zum Glück ein paar Erfrischungstücher in seiner Tasche. Als ihre Finger wieder halbwegs sauber waren und Kevin nach einem Abfalleimer suchte, sah er etwas anderes: „Da drüben, das ist Annett Landsberg oder wie immer sie richtig heißt." Er nahm Yeşim fest in die Arme und küsste sie.

„Scheint uns nicht zu sehen. Wenn das nur so bleibt!", flüsterte er. Nun war auch Yeşims Spürsinn erwacht. Sie kuschelte sich so eng an Kevin, dass kein Beobachter auf die Idee gekommen wäre, dass sie auch nur irgendetwas anderes als einander wahrnehmen könnten, doch gleichzeitig sah sie der Frau, die sich mehrmals umdrehte, ehe sie zielstrebig in Richtung Innenstadt weiterging, nach. Plötzlich bog diese um die nächste Straßenecke und wurde schneller.

Kevin stieß Yeşim beinahe grob von sich weg und rannte ihr nach. Yeşim versuchte, zu folgen, doch war er der bei weitem bessere Sprinter. Als sie die Straßenecke erreicht hatte, kam er ihr bereits wieder entgegen.

„Sie ist in ein Auto gestiegen und weggefahren. Aber ich hab das Kennzeichen, wenn ich mich nicht ganz täusch'", berichtete er schnaufend und zog sein Handy aus der Jackentasche. „Ich hol die Bullen."

„Warum rennt die hier beim Knast rum, wenn sie doch weiß, dass sie gesucht wird?", fragte Yeşim, nachdem Kevin sein Handy wieder weggesteckt hatte.

„Soll ich dir sagen, wo ich gestern über ne Stunde rumgerannt bin, nachdem ich dich zweimal nicht erreicht hab? Bei euch in der Straße. Hab gehofft, du kommst zufällig raus oder schaust wenigstens aus dem Fenster oder irgendwas. Hab noch überlegt, ob ich einfach klingeln soll, aber mich nicht getraut. Du warst damals halt mutiger."

„Du meinst…"

„Stell dir das mal vor: Der Mann, den sie liebt, sitzt im Knast und sie kann ihn nicht besuchen, weil sie sie gleich dabehalten würden, wenn sie es täte. Da macht man dann verrückte Sachen – so wie ich gestern. Und ich wusste ja, es sind höchstens zwei Tage, die wir uns nicht sehen, weil, wenn deine Eltern wieder arbeiten müssen, können sie nicht ständig auf dich aufpassen. Aber sie kann ja gar nicht wissen, wann sie ihn wieder sieht. Wenn sie nicht mit der Bande zu tun hätte, die wahrscheinlich meinen Onkel auf dem Gewissen hat und dich und mich angreifen lassen hätte, dann tät' sie mir sogar leid."

„Hast Recht. Aber sie hat das nun mal alles gemacht."

Sobald Obermeister Müller den Bericht des Jungen gehört hatte, gab er seiner Vorgesetzten Bescheid, die sofort per Konferenzschaltung alle Polizeidienststellen im Umkreis von Nürnberg informierte. Zwei Stunden später rief die Polizeiinspektion Neustadt an der Aisch im Präsidium an und meldete, dass man das gesuchte Auto bei Emskirchen gestoppt hatte. Die Fahrerin sehe aus wie auf dem Fahndungsfoto, habe allerdings keine Papiere bei sich gehabt und angegeben, sie heiße Lisa Weber.

Kommissarin Peters befahl, sie nach Nürnberg zu bringen. Als sie ankamen, schimpfte Annett Landsberg alias Eva Jawlinska alias Lisa Weber laut mit den Polizisten, verstummte aber, als sie die Kommissarin erkannte.

„Guten Tag Frau Landsberg – oder soll ich lieber ‚Frau Jawlinska' sagen", begrüßte diese sie.

„Was wollen Sie mir vorwerfen?", fragte die Angesprochene, nachdem sie sich gefasst hatte.

„Ich mache Ihnen keine Vorwürfe. Ein Herr Bereschin hat Sie belastet und angegeben, dass Sie diesen Mann" Sie zeigte ihr ein Foto des Opfers vom Christkindlesmarkt, „kennen. Außerdem wüsste ich gerne, was Sie über den Tod ihres früheren Arbeitgebers wissen und warum Sie Kevin Leut-häusser angreifen ließen."

„Was soll das? Ich kenne weder einen Herrn Bereschin noch einen Kevin Leuthäusser noch wusste ich bis vor Kurzem, dass es Zweifel daran gab, dass Herr Blechschmidt an Herzinfarkt gestorben war."

„Sie haben das Recht, einen Anwalt zu nehmen, aber es gibt Vorwürfe gegen Sie, die für einen Haftbefehl reichen. Durch Ihr plötzliches Verschwinden haben Sie die Sache auch nicht leichter gemacht. Auch würde mich interessieren, warum Sie sich im Blue Volga unter falschem Namen eingeführt haben und auch bei unseren Kollegen einen falschen Ausweis vorgezeigt haben, wenn Sie Ihren Freund besuchten. Allein das letztere wäre strafbar."

„Der Ausweis war echt."

„Haben Sie dann in Ihrer Firma unter falschem Namen gearbeitet?"

„Nein. Mein voller Name lautet Annett Eva Landsberg. Solange meine Eltern verheiratet waren, hieß ich Jawlinska. Russische und weißrussische Freunde haben mich immer Eva oder Jewa genannt, weil der Name dort üblicher ist."

„Sind Sie dann Deutsche oder Weißrussin?"

„Ich bin deutsche Staatsbürgerin. Meine Mutter stammt aus Grimma in Sachsen, mein Vater aus Homel' in Weißrussland. Er war in Grimma als Leutnant der Roten Armee stationiert. Ich bin am 5. Oktober 1988 geboren, also ein Jahr vor dem Ende der DDR. Meine Eltern erzählten mir später, dass sie ziemliche Schwierigkeiten hatten: Die Russen sahen es nicht gern, wenn ihre Soldaten sich mit deutschen Frauen einließen und nach der Wende beschimpften die Leute meine Mutter als Russenschlampe. Deshalb und weil es meinem Vater gelungen war, während seiner Militärzeit eine technische Ausbildung zu machen, die auch zivil gefragt war, beschlossen meine Eltern, in die Sowjetunion zu gehen. Das war schon im Sommer 1990; ich habe keine Erinnerungen mehr an Grimma aus dieser Zeit.

Mein Vater fand Arbeit bei einem Elektrizitätswerk in Minsk, sodass es uns relativ gut ging – im Vergleich zu anderen Soldatenfamilien, die später, nach der Wiedervereinigung, aus Deutschland abgezogen wurden. Meine Mutter, die Russisch auf Lehramt studiert hatte, arbeitete als Dolmetscherin, sobald ich in den Kindergarten kam. Nach der Geburt meines Bruders 1995 unterbrach sie wieder die Arbeit bis 2000. Ich ging in Weißrussland zur Schule und besuchte dann die polytechnische Akademie. Mein Vater beantragte 1999 für mich die weißrussische Staatsbürgerschaft, die ich auch bekam. Die deutsche behielt ich allerdings weiterhin.

Nach 2005 hatten meine Eltern immer mehr Schwierigkeiten miteinander. 2007 kam es schließlich zur Scheidung. Meine Mutter ging daraufhin mit meinem Bruder wieder nach

Deutschland. Ich folgte ein Jahr später, weil mein Vater nicht mehr genügend Geld hatte, um mein Studium zu finanzieren und ich mir hier bessere Verdienstmöglichkeiten versprach. Zunächst lebte ich ein halbes Jahr von Gelegenheitsarbeiten in Leipzig; danach lernte ich Daniel, meinen späteren Freund, kennen, mit dem ich nach Fürth zog, wo ich schließlich auch Arbeit fand. Da ich gut verdiente und mir die Arbeit gefiel, blieb ich, auch nachdem die Beziehung mit Daniel auseinanderging. Ich legte allerdings regelmäßig Geld zurück, um irgendwann doch noch zu Ende zu studieren. Allerdings habe ich seit über einem Jahr mit den Behörden zu kämpfen, dass mir meine drei Semester in Minsk anerkannt werden."

„Gut, damit hätten wir die Frage nach Ihrem Namen geklärt. Ob Sie zu Recht zwei Pässe haben, steht deshalb noch nicht fest, ist aber nicht mein Problem. Allerdings: Sie sind mit einem mutmaßlichen Mitglied einer kriminellen Organisation liiert. Sie arbeiteten bei einem mutmaßlichen Mordopfer und einen Tag, nachdem ich den Neffen dieses Mannes befragt hatte, wurde dieser Neffe beschattet; wenige Tage später griff Ihr Freund seine Freundin an und als jener Neffe Sie im Blue Volga erkannte, wurde er am selben Abend angegriffen. Zudem bedrohte ein später Ermordeter Sie."

„Das sind keine Beweise."

„Das nicht, aber Indizien, die den Verdacht rechtfertigen, dass Sie ebenfalls engeren Kontakt zu der Bande Ihres Freundes hatten."

„Ich habe niemanden umgebracht und auch niemanden ausspionieren oder angreifen lassen."

„Das mag sein. Dennoch rate ich Ihnen, zuzugeben, was Sie wissen."

„Was soll ich dazu wissen?"

„Zum Beispiel, wie Sie Jurij Litowtschenko kennen lernten und was Sie über seine Kontakte zum organisierten Verbrechen wussten; oder, ob Sie wissen, ob Ihr früherer Chef erpresst wurde; oder, welche Informationen Sie Jurijs Kameraden geliefert haben; oder auch, ob und warum Sie bedroht wurden und ob Sie einen Verdacht haben, wer der Mörder vom

Christkindlesmarkt sein könnte, wenn Sie es nicht selbst waren."

„Dazu möchte ich ohne Anwalt nichts sagen."

„Das ist Ihr gutes Recht. Meine Kollegen geben Ihnen gleich ein Telefonbuch mit der Liste der Anwälte hier in Nürnberg. Allerdings werden wir Sie wegen Verdacht der Mitgliedschaft in einer kriminellen Vereinigung hierbehalten."

Als man ihr das Telefonbuch gab, suchte sie nicht lange, sondern schlug gezielt eine Seite auf, rief die Kanzlei an und wenig später erschien der Anwalt. Es war Dr. Bader, der Partner jenes Dr. Schmelzer, der Oliver Neumann alias Maxim alias Ivan vertrat. Er sprach über eine Stunde mit Annett Landsberg / Eva Jawlinska, ehe er die Kommissarin in die Zelle bat.

„Meine Mandantin möchte gestehen, was sie weiß – das ist allerdings längst nicht alles, was Sie ihr unterstellen."

Das Verhör

„Ich höre!" Kommissarin Peters ließ sich ein Aufnahmegerät bringen, stellte es auf den Tisch und setzte sich mit verschränkten Armen der Verhafteten und ihrem Anwalt gegenüber. „Was ich von Ihnen wissen möchte, habe ich bereits gesagt."

„Auf das Blue Volga wurde ich vor zwei Jahren eher zufällig aufmerksam", begann Annett Landsberg. „Ich habe eine Anzeige von ihnen im Doppelpunkt gelesen. Ich ging öfter hin, um dort zu der Musik zu tanzen, die ich schon als Mädchen in Weißrussland gehört hatte. Mit einigen Leuten dort kam ich ins Gespräch, darunter auch mit Konstantin Iljitsch, einem der Leiter. Seinen Familiennamen weiß ich nicht, weil alle ihn, so wie es in Russland üblich ist, mit Konstantin Iljitsch oder seine Freunde mit Kostja angesprochen haben. Ich erzählte ihm, dass ich in einer Konditorei arbeitete und er bat mich, meinen Chef zu fragen, ob ich Waren von uns billiger bekomme und sie in den Club mitnehmen darf. Der Chef hatte prinzipiell nichts dagegen; wie viel er bekommen hat, weiß ich nicht, das hat er mit Konstantin Iljitsch selbst ausgemacht.

Ich hab jedenfalls dafür, dass ich die Sachen gebracht und gelegentlich auch ausgeschenkt habe, freien Eintritt und zwei freie Getränke pro Abend gekriegt.

Letztes Jahr im Spätherbst habe ich einen Mann kennen gelernt, Alexej oder Aljoscha. Er war Weißrusse und wohl illegal hier. Er war hinter mir her und ich habe es mir zunächst auch überlegt, mit ihm eine Beziehung anzufangen, aber es hat sich nicht ergeben.

Ein anderer Mann, der sich Kolja nannte, aber von anderen auch mit Serjoscha angesprochen wurde und mit Aljoscha befreundet war, bot mir 200 Euro im Monat an, wenn ich Informationen über meinen Chef an ihn liefern würde – das heißt, über seine Schwachpunkte, ob er trank, eine Freundin hatte, ob es sonst in der Familie Probleme gab. Ich lehnte zunächst ab, da mir klar war, dass das ein Mafiaauftrag war und ich, wenn ich einmal in der Mafia mitarbeiten würde, nicht mehr leicht rauskäme. Leider hat er, über Alexej oder sonst jemand, meinen vollen Namen erfahren und sie bekamen über Umwege auch etwas über meine Familie raus. Kurz vor dem ersten Advent kam Kolja wieder, diesmal in meine Wohnung, und hat gesagt, ‚Jewa, dein Vater sitzt wegen staatfeindlicher Hetze im Gefängnis. Mach bei uns mit oder er ist tot!‘

Ich rief eine Freundin in Minsk an, die mir bestätigte, dass die Polizei meinen Vater abgeholt hatte. Ich hatte natürlich Angst – mein Vater hat meine Mutter betrogen und gesoffen, klar, aber trotzdem ist er mein Vater."

„Haben Sie eine Ahnung, warum Ihr Vater verhaftet wurde?"

Annett Landsberg zuckte mit den Schultern. „Braucht bloß im Suff irgendwas Böses über unseren geliebten Präsidenten Lukaschenko gesagt zu haben. Das hat er öfter getan, aber meistens haben keine Fremden zugehört und wir Kinder wussten, dass wir das nicht weitersagen durften. Kann natürlich auch sein, dass einer von denen provoziert hat, auch das gibt es. – Mir war jedenfalls klar, dass ich nicht zu hoffen brauchte. In Weißrussland gibt es keinen Schutz durch die Gesetze für Leute, die gegen Lukaschenko sind.

Ich habe mich bei Aljoscha ausgeweint und er hat gesagt, er redet mit den Oberen. Einige Tage später erzählte er mir, dass er für mich etwas erreicht hatte: Wenn ich mitspielen sollte, würden die Paten dafür sorgen, dass meinem Vater nichts geschehen würde. Außerdem schwor Aljoscha, er würde weder meinen Chef noch sonst jemand umbringen – ich war leider so dumm, das zu glauben."

„Warum war es der Bande so wichtig, dass Sie mitmachten?"

„Das habe ich mich selbst und auch Aljoscha und später Jurij gefragt. Beide konnten es nicht genau sagen. Aljoscha wusste nur, dass es nicht direkt um Geld ging.

Mein Job war es, Aljoscha sofort zu informieren, wenn die Polizei kam. Außerdem sollte ich den Telefon- und Mailverkehr der Blechschmidts kontrollieren und vor allem nach Schwachpunkten in ihrem Leben suchen. Ich fand heraus, dass sie ziemliche Schwierigkeiten mit ihrer Tochter hatten – das Mädchen ist wohl geistig leicht behindert.

Irgendwie ist mein Chef offenbar dahintergekommen, dass er ausspioniert wurde, allerdings wohl nicht, von wem. Er ließ nie mehr sein Notebook offen, wenn er nicht dahinter saß und er warf auch jeden aus dem Raum, wenn er ans Telefon ging – oder er versprach dem Anrufer, zurückzurufen. Ich konnte jedenfalls nichts mehr herausbekommen. Das letzte, was ich mitbekam, war, dass der Chef oder die Chefin – mitten im Weihnachtsgeschäft – ihre kleine Tochter jeden Tag zur Schule brachten und von dort abholten; ob mit dem Mädchen vorher was passiert ist, weiß ich nicht.

Einige Tage später wurde der Chef ermordet. Ich war natürlich fertig mit den Nerven und warf es Aljoscha vor, doch der behauptete, jemand anderer sei es gewesen. Ich sagte ihm jedenfalls, ich wollte mit ihm nichts mehr zu tun haben – weder mit ihm als Mann noch mit seiner Bande. Dann rief mich Kolja wieder an und drohte, er werde dafür sorgen, dass mein Vater umgebracht würde, doch einige Wochen später bot er mir einen Handel an: Wenn ich nicht zur Polizei gehen und mit niemandem sonst darüber reden würde, würde weder mir noch meinem Vater etwas geschehen.

Tatsächlich wurde mein Vater im Februar freigesprochen; von Aljoscha hörte ich längere Zeit nichts mehr.

Im Sommer lernte ich dann Jurij kennen, ebenfalls im Blue Volga, obwohl er nicht oft hinging. Wir trafen uns öfter und dieses Mal war es ernst. Dass Jurij illegal hier war, störte mich nicht. Ich vermutete, dass er irgendetwas mit der Mafia zu tun hatte, wusste aber nicht, was genau. Er selbst hat immer behauptet, er arbeitete als Kurier für verschiedene Auftraggeber.

Im September tauchte schließlich Aljoscha wieder auf. Er wollte, dass ich mit Jurij Schluss machte und wieder – das sagte er, in Wirklichkeit waren wir nie fest zusammen – mit ihm eine Beziehung anfing. Er drohte mir, er werde Jurij bei der Ausländerpolizei melden. Das erzählte ich ihm, also Jurij, der daraufhin umzog – sein ‚Chef' besorgte ihm eine neue Wohnung. Aljoscha kam wieder; diesmal drohte er mir damit, Jurij umzubringen. Jurij beruhigte mich und sagte, Aljoscha werde sich das nie trauen. Trotzdem schoss im Oktober jemand auf Jurij.

Wir trafen uns nicht mehr im Blue Volga und an anderen Orten, wo viele Russen verkehrten, da wir nicht wussten, wem wir trauen konnten. Es geschah nichts mehr bis zum Mord an … dem Mord auf dem Christkindlesmarkt."

Kommissarin Peters sprang auf: „Dem Mord an wem?"

Dr. Bader flüsterte seiner Mandantin etwas zu: „Ich habe Gerüchte gehört. Könnte sein, dass ich den Toten erkennen würde", sagte sie dann.

„Die Gelegenheit werden Sie jedenfalls haben. Nun aber die letzte Frage: Wann beschlossen Sie, wieder für die Mafia zu arbeiten?"

„Am Abend des Tages, an dem Sie in unsere Konditorei kamen, rief mich jemand an, der seinen Namen nicht sagte und fragte, was die Polizei hatte wissen wollen. Ich wollte zuerst nicht antworten, doch der Anrufer drohte mir, er kenne sowohl Jurij als auch meinen Vater und Aljoscha sehr gut. Er könne jeden der drei umbringen, wenn ihm danach sei. Ich schwor ihm, dass ich nicht wusste, was die Kolleginnen und Kollegen gesagt hatten. Außerdem sagte ich, dass wir seit Frühjahr nicht mehr über den Mord an unserem Chef gesprochen hatten – das stimmt auch, soweit ich weiß. Der Anrufer wollte wissen, ob jemand befragt worden sei, der letztes Jahr noch nichts gesagt hatte. Ich sagte, dass ein neuer Azubi im September angefangen hatte, der aber sicher nichts wusste und eben dass Kevin Leuthäusser, der Neffe der Blechschmidts, ebenfalls mit Ihnen gesprochen hatte. Der Mann verlangte von mir, herauszubekommen, wo Kevin wohnte und es ihm über Jurij mitzuteilen.

Ich erzählte einer Kollegin, als die Chefin nicht da war, ich hätte einen MP3-Player gefunden, genau dort, wo Kevin immer seinen Anorak aufhängte, wenn er mithalf und wollte seine Adresse, um ihn ihm zurückzugeben. Die Kollegin wusste nur ungefähr, wo er wohnte und riet mir, mit der Chefin oder ihrem Sohn zu reden.

Ich erfuhr die Adresse von Marcel Blechschmidt und gab sie Jurij. Das Nächste, was ich mitbekam, war, dass Jurij verhaftet wurde."

„Und drei Wochen später trafen Sie Kevin im Blue Volga und er erkannte Sie trotz Perücke."

„Ich trug die Perücke, weil ich von den anderen Leuten aus der Bande nicht erkannt werden wollte. Konstantin Ilijitsch dachte, ich hätte mir die Haare gefärbt. Als Kevin mit seiner Freundin in den Club kam, hoffte ich erst, er würde mich auch nicht bemerken. Als er in meine Richtung fotografierte, bekam ich Angst. Als er rausgegangen war, bat ich Mischa, der mich mit und ohne Perücke kannte, zu beobachten, was Kevin seiner Freundin erzählte.

Er kam wieder herein, sagte, er hätte erst gedacht, die beiden seien nur zum Rauchen rausgegangen, aber als er schon wieder hereinwollte, hatte er gehört, dass Kevin meinen Namen sagte und dass seine Freundin vor irgendetwas Angst hatte.

Ich bat ihn, die beiden zu beschatten – dass er später Kevin K.O.-Tropfen gab, wusste ich nicht. Ich sagte ihm, also Mischa, hinterher auch, dass das erstens eine Sauerei und zweitens ziemlich dumm war – denn sicher wusste auch Kevins Freundin Bescheid und hatte auch Fotos auf ihrem Handy und nun hatte sie ernsthaft Grund, zur Polizei zu gehen."

„Wie heißt dieser Mischa mit vollem Namen?"

„Michail Pawlowitsch, Familienname weiß ich nicht. Er wohnt in Zabo."

„Haben Sie ein Foto von ihm oder können Sie ihn beschreiben?"

„Ein Foto – Moment, ich glaube, ich habe eins auf meinem Handy."

Die Kommissarin ließ ihr das Handy aushändigen und sie fand es tatsächlich.

„Haben Sie eine Ahnung, wer Jurijs Auftraggeber war oder waren?"

„Er sprach einmal von einem Mann, der sich Maxim nannte, der sehr gut Russisch sprach, aber dem man trotzdem anmerkte, dass er Deutscher war. Gesehen habe ich diesen Maxim selbst nicht."

„Könnte es der Mann sein, der Sie erpresst hat, Kevins Adresse zu suchen?"

„Das ist möglich, aber ich weiß es nicht. Er sagte ja seinen Namen nicht. Er sprach Deutsch mit mir, wenn überhaupt mit fränkischem Akzent."

„Dann hätte ich eine vorläufig letzte Bitte an Sie: Wenn Sie mich bitte begleiten würden!"

Die beiden Frauen und der Anwalt gingen zur Kühlkammer, wo Annett Landsberg die Leiche des Ermordeten vom Christkindlesmarkt identifizieren sollte.

Der Gefangenen wurde zunächst leicht schwindlig, sodass die Kommissarin sie stützen musste. „Ja, das ist Aljoscha", sagte sie nach einigem Überlegen. „Ich hoffe, Sie nehmen es mir nicht übel, aber besonders traurig kann ich nicht über seinen Tod sein."

„Wissen Sie seinen vollen Namen?"

„Alexej Fjodorowitsch Aljenov." Sie überlegte kurz: „Er kommt aus einem Dorf bei Wizebsk, ziemlich nahe an der russischen Grenze, Surach oder Surasch oder so ähnlich."

Kommissarin Peters verhaftete Annett Landsberg wegen Mitgliedschaft in einer kriminellen Vereinigung. Dr. Bader protestierte umgehend, doch sie blieb stur und verwies ihn an den Untersuchungsrichter.

Kröber hörte sich am nächsten Tag den Bericht seiner Assistentin ruhig an. „Da habt ihr ja ganz schön was geschafft, Respekt! Dusel gehabt natürlich auch, aber das gehört dazu. Nur den Mörder haben wir nicht. – Oder, hat einer von euch eine Idee, wie wir ihn kriegen?"

„Ein Motiv haben sowohl Annett als auch Jurij – und vielleicht auch Oliver Neumann oder wer immer der Instrukteur dieses Aljoscha war. Könnte ja auch sein, dass der einen Auftrag seiner Chefs nicht ausgeführt hat."

„So schlau bin ich selber. – Halt, Moment! Sie bringen mich auf `ne Idee!"

„Welche?"

„Glauben Sie, der Neumann hat den Blechschmidt wirklich umbringen wollen?"

„Wie kommen Sie darauf?"

„Nach dem, was diese Verkäuferin gesagt hat, haben der Neumann und seine Kumpane ihren Chef erpressen wollen, damit er denen das Geschäft nicht verdirbt. Wenn er ihn gleich umbringen wollen hätt', dann wär' die ganze Vorgeschichte nicht notwendig gewesen."

„Und wenn Blechschmidt sich nicht erpressen ließ und Neumann irgendwann der Geduldsfaden riss?"

„Wär möglich – aber ich glaub's nicht. Dieser Neumann alias Maxim ist ein Profi, der bringt nicht eben mal einen aus Spaß um. Außerdem: Denken Sie sich doch mal in den Neumann letzten Advent rein! Er hat mitgekriegt, dass der Blechschmidt ihm seinen Deal vermasseln kann und will das verhindern. Dafür erpresst er ihn mit den normalen Methoden – vergiftete Ware, Drohungen, dass seinen Kindern was passiert, vielleicht noch andere Sachen.

Dem lebenden Blechschmidt kann er damit drohen, dass er seine Tochter entführt. Solange Blechschmidt gelebt hat, hätte niemand daran denken können, dass was faul war, außer er selbst wäre zu uns gegangen. Was passiert aber, wenn der Blechschmidt umgebracht wird? Dann quetschen die Kollegen seine ganzen Leute, seine Familie, seine Freunde und so weiter und so fort aus. Da ist das Risiko, dass einer was mitgekriegt hat, der nicht so leicht erpressbar ist, der bisher aber nichts gesagt hat, weil er das für ein Gerücht gehalten hat oder gedacht hat, es geht ihn nichts an, größer als es war, solange der Blechschmidt gelebt hat."

„Da haben Sie Recht, Chef. – Meinen Sie, dass Alexej oder sonst jemand ihn ohne Auftrag ermordet hat und dafür dran glauben musste?"

„Möglich wär's."

„Nur, Herr Kröber, das glaube wiederum ich nicht. Warum ließ er sich für einen Rachemord ein Jahr Zeit?"

„Haben Sie ne bessere Idee?"

Birgit Peters legte die Stirn in Falten. „Eine Idee habe ich – ob sie gut ist, können vielleicht Sie sagen."

„Na dann schießen Sie los!"

„Früher oder später wird Neumann erfahren, dass wir Annett Landsberg verhaftet haben – schließlich ist ihr Anwalt ein Mitarbeiter des seinen, weshalb ich ihr auch nicht wirklich glaube, dass sie nur ein so kleines Licht ist. Ich werde ihm erzählen, dass sie ihn belastet hat und testen, wie er reagiert."

„Gestehen wird er es kaum."

„Aber bei den meisten Leuten kann man bis zu einem gewissen Grad erkennen, ob sie lügen, wenn sie mit einem plötzlichen Vorwurf konfrontiert werden. Wenn er etwas wissen sollte, wird er zumindest für einen Moment erschrecken", dozierte sie.

„Oder er rechnet mit dem Vorwurf und hat sich vorbereitet. – Aber einen Versuch ist es wert. Ich möcht' mir das aber anschauen, wenn Sie ihm das erzählen."

„Ist auch besser so. Vier Augen sehen mehr als zwei."

Die Kommissarin spielte ihre Rolle gut. Oliver Neumann war sichtbar eingeschüchtert, als sie ihn mit dem Vorwurf konfrontierte, er stecke hinter der Erpressung Blechschmidts, während er über die Behauptung, er habe Aljoscha ermorden lassen, nur müde lächelte. Schließlich verlangte er, seinen Anwalt hinzuzuziehen, was ihm auch gestattet wurde. Kommissarin Peters ging hinaus zu ihrem Chef, der mit dem Daumen nach oben zeigte.

„Sie sollten sich in Hollywood bewerben!", lobte er. „Der hat kalte Füße gekriegt. Aber bei der Sache mit diesem Aljoscha ganz anders reagiert."

„Sehe ich genauso", bestätigte sie. „Da scheint er wirklich nichts mit zu tun zu haben."

Die Vermutung der beiden Kriminalisten bestätigte sich: Neumann gestand auf Rat seines Anwalts, die Erpressung Blechschmidts veranlasst zu haben. „Aber, damit Sie nicht denken, ich bin hier der große, böse Pate: Ich krieg genauso meine Aufträge wie meine Jungs von mir – und ich kann nicht anders."

„Wie meinen Sie, Sie können nicht anders?", fragte Kommissarin Peters.

„Pech in der Liebe. Hab ein Haus auf Kredit gekauft, gemeinsam mit meiner Braut, aber dann war sie plötzlich auf und davon und ich saß mit den Schulden da. Als ich länger nicht zahlen konnte, sind Geldeintreiber gekommen, haben sie mich vor die Wahl gestellt: Entweder tot oder mitmachen. Klar hab ich Kohle dafür gekriegt, aber die Leute, die wirklich abkassiert haben, hocken in Russland in ihren Villen – und ich kenn' sie nicht mal."

„Kann sein, interessiert mich aber momentan weniger", antwortete nun Oberkommissar Kröber. „Von wem haben Sie Ihre Befehle gekriegt?"

„Meistens per E-Mail über eine russische Adresse, die ständig gewechselt hat. Das Geld haben unsere Kunden auf ausländische Banken gebracht."

„Auf gut Deutsch: Sie wissen auch nicht, wer Ihre Auftraggeber sind?!"

„Herr Kommissar, ich hab keine Ahnung und wenn ich was wüsste, würd' ich nichts sagen, Kronzeugenregelung hin oder her. Lieber sitz ich ein oder zwei Jahre länger im Knast als dass ich mich umbringen lass'. Außerdem würd's Ihnen sowieso nichts bringen, wenn Sie Namen wüssten – die haben dort, wo sie wohnen, die Polizei im Griff."

„Ihr Pech, dass Sie es nicht so weit gebracht haben. Mag ja sein, dass Sie auch nur ein kleines Licht sind, aber Sie haben Aufträge zu Erpressung und zu Mord weitergegeben."

„Das stimmt nicht, Herr Kommissar. Erpressung ja, aber ermorden lassen hab ich niemanden, das schwör ich Ihnen!"

„Haben Sie dann eine Ahnung, wer Arno Blechschmidt getötet haben könnte? Und Walter Meitinger? Und Alexej Aljenow?"

„Blechschmidt hat Aljoscha abgemurkst; den anderen vielleicht auch. Ich hab ihn jedenfalls nach der Blechschmidt-Sache rausgeschmissen. Die Chefs haben klar gesagt, niemanden umbringen, wenn's nicht sein muss und solang der

Blechschmidt noch gelebt hat, hatte die Polizei noch keinen Schimmer – und er hat sich, wohl wegen seiner Tochter, nicht getraut, zur Stadt zu gehen oder zur Polizei. Den Sachverständigen, den er vor Jahren beauftragt hat, hatten wir auch im Griff. Ich hab an dem Tag, als Blechschmidt umgebracht wurde, Aljoscha zu ihm geschickt, das ja, weil ‚Eva' – also Annett Landsberg – gemeldet hat, dass Blechschmidt nun doch singen will. Ich hab gesagt, er soll Blechschmidt sagen, dass er Ärger kriegt, wenn er das tut – und wenn Blechschmidt stur bleibt, soll er, also Aljoscha, konkreter werden und wenn das auch nichts nützt, mir sofort Bescheid sagen.

Als Aljoscha mir erzählt hat, er hat Blechschmidt umgebracht, hab ich gesagt, so was passiert nur, wenn es befohlen wird und ihm gesagt, er ist bei den nächsten Aktionen erst mal draußen und in einem halben Jahr oder so kriegt er ne neue Chance."

„Ich fasse also zusammen: Sie geben zu, Blechschmidt erpresst zu haben, bestreiten aber, seine Ermordung veranlasst oder auch nur gutgeheißen zu haben. Sehe ich das richtig?"

Neumann nickte.

„Gut, dann: Was wissen Sie über den Fall Meitinger?"

„Nichts. Der Name sagt mir nichts, Ehrenwort. – Kann sein, dass Aljoscha oder sonst jemand damit zu tun hat, kann aber auch nicht sein. Der eine oder andere von meinen Leuten hat auch mal selbständig Aktionen durchgeführt; ich hab zwar jeden sofort rausgeschmissen, wenn ich das erfahren habe, aber ganz verhindern kann man das nicht. Jurij hat mir später erzählt, dass Aljoscha wieder in Nürnberg ist; ich hab ihm gesagt, das ist mir egal, solange er sich nicht in unsere Geschäfte einmischt. Offensichtlich hätte Jurij gern die offizielle Erlaubnis gehabt, ihn umzubringen. Keine Ahnung warum, von mir hat er sie jedenfalls nicht gekriegt. Ich hab ihm gesagt, ich leg Wert darauf, dass meine Leute sich außerhalb der Arbeit unauffällig verhalten."

„Wussten Sie also nicht, dass es um Annett Landsberg ging?"

„Ich hab nur gewusst, dass sie zeitweise mit Aljoscha zusammen war. Dass später Jurij sie sich geangelt hat, hab ich erst im Knast erfahren. – Ist natürlich gut möglich, dass Jurij ihn umgebracht hat; wegen Frauen machen manche Männer die dümmsten Sachen, weiß ich aus eigener Erfahrung."

Oberkommissar Kröber brach das Verhör ab und verabschiedete sich.

„Nicht mehr als wir sowieso wussten", kommentierte Kommissarin Peters resigniert.

„War auch nicht zu erwarten. Ich tät sagen, jetzt sind noch einmal Ihre Schauspielkünste gefragt."

Jurijs Geständnis

„Wie meinen Sie das?", fragte Kommissarin Peters.

„Sie können Litowtschenko sagen, dass sowohl seine Freundin als auch sein Instrukteur ausgesagt haben, dass sie wissen, dass er den Toten kennt. Er hat uns also angelogen und kann sich daher Ärger einhandeln. Wenn er ihn umgebracht oder sonst ein krummes Ding gedreht hat oder auch, wenn er einen Verdacht hat, soll er es also lieber gleich gestehen. Litowtschenko ist der Schwächste in dem Trio, das wir bisher gefasst haben. Er ist als einziger kein Deutscher, riskiert also eine Abschiebung und damit möglicherweise den Knast in der Ukraine, und dagegen werden Neumann und die Landsberg hier in Luxushotels wohnen. Außerdem hat er als einziger wohl keinen festen Job. Die beiden anderen sind den ihren zwar garantiert auch los, aber Neumann hat sicher genügend Geld irgendwo, wo wir es nicht finden, damit er nicht Hunger leiden muss, wenn er rauskommt und die Landsberg ist jung, intelligent und hübsch – sie kann sicher irgendwo neu starten, wo niemand sie kennt und kommt vermutlich sogar mit einer Bewährungsstrafe davon.

Außerdem traue ich Litowtschenko am ehesten den Mord zu: Er ist ein Anfänger, das sieht man an der Aktion, wie er mit Yeşim Cokbudak zusammengerempelt ist. So einem brennen eher die Sicherungen durch als einem Profi wie Neumann."

„Möglich. Ich bin aber trotzdem dafür, nach diesem Michail Pawlowitsch zu suchen. Vielleicht weiß er mehr über die Landsberg – ich glaub ihr nach wie vor nicht, dass sie so ein kleines Licht ist wie sie behauptet."

„Dann machen Sie mal! Bisher hatten wir ja Glück, aber ich glaub' nicht, dass wir den ohne weiteres finden."

Sie befragte nochmals Konstantin Nikolajew, doch der konnte sich an keinen Mischa oder Michail Pawlowitsch erinnern, der mit Annett Neumann mehr zu tun gehabt habe. Auch die anderen Organisatoren, die sie kannte, konnten nicht weiterhelfen.

Sie las die Akte nochmals durch: Das Foto, das Annett Landsberg im Blue Volga gezeigt hatte, stammte von Yeşim Cokbudak, die ausgesagt hatte, die Bilder, die ihr Freund aufgenommen hatte, seien gelöscht worden. Die Kommissarin rief die Handynummer des Mädchens an. Beim ersten Mal war Yeşims Handy ausgeschaltet, beim zweiten Mal hatte sie Erfolg.

Sie fragte Yeşim, ob sie an jenem Abend noch mehr Bilder gemacht hatte, was diese bejahte. Das Mädchen war auch dazu bereit, diese Fotos an die Polizei zu schicken. „Aber ich weiß selber nicht, wer die Leute sind", erklärte sie danach. „Auf dem Bild Nummer 11, der Blonde, der neben Kevin steht, heißt Sascha. Sonst weiß ich nichts."

„Macht nichts! Die Leute dort werden mehr wissen. – Weißt du mehr über diesen Sascha?"

„Sein Vater ist so was wie der Leiter des Zentrums – oder mindestens einer vom Team."

Sie ließ Sascha, mit vollem Namen Alexander Nikolajew, als Zeugen ins Revier rufen. Der konnte einige Personen auf Yeşim Cokbudaks Bildern identifizieren, doch niemand hieß Michail.

„Sagt dir sonst der Name Michail Pawlowitsch etwas?", wollte die Kommissarin wissen.

„Der Bruder von meiner Ex heißt Mischa, also Michail", berichtete der Junge. „Aber sein Vater heißt nicht Paul mit Vornamen. Sonst kenn' ich bloß noch einen Michail dort und der ist erst dreizehn – und sieht auch nicht älter aus. Der war bestimmt nicht mehr da. Sagt aber nichts; ich kenn' nicht alle, die zur Freitagsdisko kommen und der Name Michail ist in Russland genau so häufig wie hier."

„Weißt du, ob jemand von euch mehr Kontakt zu Annett Landsberg alias Eva Jawlinska hatte?"

„Hat mich mein Vater schon x mal gefragt. Der einzige, von dem ich was weiß, ist Paul, Paul Rademacher – und eben Wolodja, der ja schon bei Ihnen war. – Halt!"

„Was ist los?"

„Ich hab Kevin Leuthäusser und seiner Freundin, Yeşim heißt sie, ein paar Bilder von Leuten gezeigt, die öfter mal mit der Landsberg zusammen waren. Sie hat bei einem geglaubt, er war mit ihnen in der Straßenbahn aber Kevin war sich nicht sicher. Ich kann Ihnen das Bild mal schicken, ich glaub', ich hab's noch."

Sie hätte beinahe vergessen, ihm Annett Landsbergs Bild zu zeigen und sprach ein Stoßgebet des Dankes, dass sie noch darauf gekommen war. „Kann es dieser Mann sein?", fragte sie.

„Ich muss noch mal mit dem Bild, das ich selber hab, vergleichen, aber könnte sein. Darf ich mir das Bild kopieren?"

„Das ist leider verboten. Du müsstest bitte so nett sein und das andere Bild herholen."

Sascha holte sein Netbook. Nach seiner Rückkehr waren er und die Kommissarin sich einig, dass der Mann auf seinem Bild auf jeden Fall der Michail war, von dem Annett Landsberg gesprochen hatte. Sowohl er als auch alle anderen, die Kommissarin Peters in nächster Zeit befragte, gaben jedoch an, ihn nicht näher zu kennen.

Die Kriminalpolizistin befragte auch Yeşim Cokbudak und Kevin Leuthäusser nochmals, doch Yeşim hatte sich inzwischen der Meinung ihres Freundes angeschlossen, dass der Mann zu unauffällig aussah, um zu sagen, ob er ihnen wirklich nachgefahren war.

Sie hatte den beiden Jugendlichen zwar den Namen nicht genannt, aber Kevin rief, kaum, dass er und Yeşim das Präsidium verlassen hatten, Sascha an und erfuhr ihn von diesem.

Am nächsten Tag hatte Yeşim eine Idee: Sie rief Sascha an und erzählte ihm, Bekannte von ihr hätten von einem Michail gehört und ihn ähnlich beschrieben wie den Jungen auf Saschas Foto. Sie wollten aber nicht bei der Polizei aussagen, solange sie sich nicht sicher waren. „Scheinen ein paar Freunde zu haben, die auch mit diesem Michail befreundet sind und mit denen wollen sie sich's nicht verderben, wenn's nicht notwendig ist. Kannst du mir bitte das Foto zuschicken, damit ich es ihnen zeigen kann?"

Sascha schickte es ihr tatsächlich anstandslos. Die erste Hürde war damit geschafft, aber das, was sie noch vorhatte, blieb schwierig.

Oberkommissar Kröber und Kommissarin Peters befragten Jurij Litowtschenko nochmals und konfrontierten ihn entgegen ihrem ursprünglichen Vorhaben selbst mit Annett Landsbergs und Oliver Neumanns Aussagen.

Litowtschenko atmete schwer, als er sprach: „Es war schlimm. Aljoscha wollte mit mir kämpfen wegen Jewa, sie ist lange schon fertig mit ihm, dann, Ende November, erzählt Jewa, Aljoscha ist ihr nach bis in ihre Wohnung, wollte mit ihr schlafen. Sie aber hat noch Wohnung zumachen können."

„War er in ihrer Wohnung oder nicht?"

„Nein. Sie hat Angst gehabt, er tut ihr was und ich hab gesagt, ich mach das mit ihm aus. Hab ihn dann getroffen, an dem Samstag, vor Frauenkirche – ich wollte irgendwo ihn treffen, wo viele Leute sind, weil ich hatte Angst er bringt mich um, wenn wir sind allein. Dann haben wir geredet, wurde laut und er hat mich geschlagen; ich zurückgeschlagen, aber er war stärker. Dann aber hat er nicht aufgepasst und ich konnte ihm sein Ring wegnehmen und hab damit zugestochen."

„Welchen Ring meinen Sie?"

„Er hatte Ring mit Gift und mit – wie sagt man? – Stachel, für Leute so töten, dass niemand merkt."

„Herr Litowtschenko, und das alles soll mitten auf dem Christkindlesmarkt passiert sein? Unter allen Leuten? Da verfehlt man sich doch eher."

„Nicht mitten. Zwischen Kirche und Supermarkt, dort ist nicht ganz so viel los."

„Genug schon, dass es Hunderte von Leuten sehen konnten."

„Wir haben nicht lang gekämpft. Hat nur Sekunden gedauert."

„Sie bleiben also dabei: Er hat Sie angegriffen, Sie haben ihn aus Notwehr getötet und niemand hat von dem Kampf mitbekommen?"

„Ja, genau."

Birgit Peters schaute scheinbar desinteressiert auf ihr Smartphone, während ihr Chef das Verhör führte. Nun stieg sie allerdings ein: „Wie erklären Sie sich, dass am Körper des Toten keinerlei Kampfspuren gefunden wurden?"

„Er kannte einige Abwehrtricks. Ich habe ihn wohl gar nicht richtig getroffen."

„Oh nein, Herr Litowtschenko! Selbst wenn das so wäre, hätte man an seinen Händen etwas sehen müssen. Er hat allerdings definitiv kurz vor seinem Tod mit niemandem gekämpft."

„Hm, das wundert mich allerdings auch!"

„Guter Mann, Sie sind nicht meine Oma, dass Sie mir Märchen erzählen dürften!", fuhr Kröber ihn an. „Wie war es wirklich?"

„Das habe ich gesagt, Herr Kommissar." Seine Stimme wurde unsicherer.

„Sehen Sie, mit einer Lüge verschlimmern Sie alles noch", versuchte Kommissarin Peters die mildere Variante. „Der Arztbericht spricht nun einmal gegen Ihre Aussagen. So, wie es zurzeit aussieht, war es keine Notwehr."

„Ich kann Ihnen nicht sagen, warum man bei Aljoscha nichts gesehen hat, aber es war, wie ich gesagt habe."

Oberkommissar Kröber schüttelte den Kopf. „Sie hören von uns!", brummte er.

„Da ist kein Wort von wahr", stellte seine Assistentin fest, als sie wieder im Büro waren.

„Ach was! Hätt' ich ohne Sie gar nicht gemerkt! – Der Arztbericht ist das eine und dazu kommt noch eins: Dieser Alexej hat genau gewusst, wie das Gift wirkt – er hat ja selber schon seine Erfahrungen damit gemacht. Wenn die wirklich da bei der Frauenkirche aneinander geraten wären, hätt' der geschaut, dass er die Sanka rufen kann – an der Spitalgasse stehen oft sogar Sanis während dem Christkindlesmarkt. Auf jeden Fall wäre er nicht mitten ins Gedrängel gelaufen."

„Glauben Sie, dass Litowtschenko der Mörder ist und sich im Gewühl an Aljenow herangeschlichen hat?"

„Möglich. Vom Gefühl her eher nicht."

„Warum sollte er dann gestehen?"

„Entweder er weiß oder glaubt, dass es die Landsberg war und will sie decken oder er will lieber in den Knast als draußen seine Kumpane wiedersehen – was ich sogar verstehen könnt'."

„Wie kriegen wir mehr raus? Sollen wir diesen Michail Pawlowitsch suchen?", schlug sie vor.

„Von mir aus! Schauen wir mal, wer in diesem Laden mehr über ihn weiß.

Yeşim plante ihre Aktion gründlich: Dieses Wochenende würde Kevin seine Großeltern besuchen, sodass es ideal war – sie traute sich nicht, ihm zu sagen, was sie vorhatte.

Am Tag vorher ging sie zum Friseur und ließ sich ihre von Natur aus leicht gewellten Haare glatt föhnen und kürzer schneiden.

Ihre neue Frisur wurde von allen Klassenkameraden bemerkt und einige kommentierten, sie hätten sie für eine neue Mitschülerin gehalten.

Am Nachmittag überlegte sie, was sie noch an ihrem Aussehen ändern könnte. Zum einen sollte man sie nicht sofort erkennen, zum anderen wollte sie aussehen wie ein Mädchen, das ernsthaft einen erwachsenen Freund haben könnte. Zwar konnte sie durchaus als Sechzehnjährige durchgehen, aber kaum als älter.

Sie blätterte Magazine durch: Schminke war wichtig, aber nicht so grell wie sonst, das wirkte nicht erwachsen, ebenso wenig wie die Mengen an billigem Schmuck, die ihr in der Klasse den Spitznamen „Klipperklapper" eingetragen hatten: Gewöhnlich trug sie mindestens zwei lange Ketten, mindestens zwei Armreifen je Arm und riesige Ohrringe und tatsächlich hörte man sie bei jeder Bewegung. Diesmal lege sie nur eine Kette, dafür ihre teuerste, an und begnügte sich mit einfachen Ohrringen. Sie zog eine weiße Bluse von ihrer Mutter und ein Sakko, das einst Sonjas Mutter gehört und das sie im Fasching getragen hatte, an und war überzeugt, man könne so weder sie als Person noch ihr Alter erkennen.

Ihren Eltern erzählte sie wie üblich, sie sei mit Sonja unterwegs. Kurz vor acht Uhr kam sie vor dem Blue Volga an. Ihr Plan war, entweder Mischa, sollte sie ihn antreffen, für sich zu interessieren oder möglichst viel über ihn herauszubekommen. Ihr Herz klopfte, als sie Paul mit einigen anderen vor der Tür stehen sah, doch der erkannte sie nicht oder tat wenigstens so.

Drinnen bekam sie anstandslos einen Wodka Lemon, was ihre letzten Bedenken zerstreute. Sie hatte wenig Erfahrung mit Alkohol und wusste, dass sie vorsichtig sein musste, doch hatte sie die Bestellung als letzten Test geplant.

Sie schaute unauffällig auf das Display ihres Handys und sah sich um: Niemand, der Mischa auch nur ähnlich sah, war im Raum, der allerdings noch nicht voll war. Mit ihrem Glas in der Hand setzte Yeşim sich neben ein anderes Mädchen, das sie auf achtzehn oder neunzehn Jahre schätzte und verwickelte diese in ein Gespräch. Das andere Mädchen hieß Tanja und war angehende Krankenschwester. Yeşim nannte sich Anja und gab sich als Schülerin der Fachoberschule aus. Sogar weitere Details der fremden Biographie gingen ihr leicht über die Lippen: ‚Anja' war mit den Eltern aus Russland eingewandert, als sie noch ein Baby war. In Deutschland habe sie kaum mehr Russisch gesprochen und könne es daher nicht mehr richtig.

Nach einigen Minuten Unterhaltung erzählte Yeşim-Anja Tanja, dass sie vor zwei Wochen im Blue Volga einen Jungen kennen gelernt habe, der wohl öfter komme. Sie nannte auch den Namen Mischa und zeigte Tanja das Foto. Die kannte Mischa tatsächlich, konnte aber auch nichts Näheres über ihn sagen.

Es dauerte nicht lang, bis Yeşim und Tanja zum Tanzen aufgefordert wurden. Der Junge, der Yeşim aufforderte, hieß Ivan und schien ernsthaft an ihr interessiert. Während einer Tanzpause besorgte er Getränke.

Yeşim zeigte auch ihm Mischas Bild und er kannte ihn tatsächlich, wenn er auch seine Adresse nicht genau wusste. Immerhin konnte er ihr sagen, dass Mischa beim Postsportverein Karate betrieb. Ansonsten gab Ivan sich alle

Mühe, ihr klarzumachen, dass sie Mischa am besten vergessen sollte, wenn er auch wenig von sich erzählte.

Sie ging schließlich unter dem Vorwand, aufs Klo zu müssen, weg. Als sie von dort zurückkam, setzte sie sich nicht wieder an ihren Tisch, sondern stellte sich an die Theke und unterhielt sich mit anderen in der Hoffnung, Mischas Handynummer zu bekommen. Zwei Mädchen und ein Junge kannten ihn, eines der Mädchen hatte auch die Nummer, weigerte sich aber, sie Yeşim zu geben.

Sie war schon kurz vor dem Aufgeben, als sie endlich von einem Jungen die ersehnte Nummer und die Auskunft, in welche Straße Mischa wohnte, bekam. „Weiß bloß nicht, ob die Nummer noch stimmt. Musst halt mal probieren!", meinte der Junge und ging weg.

Kurz darauf kam Ivan wieder und forderte Yeşim zum Tanzen auf. Sie tanzte engumschlungen mit ihm, ohne sich jedoch küssen zu lassen oder sonst größere Hoffnungen zu erwecken.

Nach einigen teils schnellen, teils langsamen Titeln bestellte er für sie und sich selbst Getränke. Er wollte nun mehr über sie wissen und sie spürte allmählich, dass sie etwas getrunken hatte. Aus ihrem Bruder machte sie gerade noch rechtzeitig einen Harry, ehe ihr das „-kan" herausrutschte. Danach versuchte sie wieder mehr, in die Anja-Rolle hineinzuschlüpfen. Sie erzählte, dass ihre Eltern der Meinung waren, sie sollte sich möglichst wie eine echte Deutsche verhalten und ihr daher bisher nicht erlaubt hatten, zu Veranstaltungen von Russen zu gehen.

„Kennst du die Schwarzhaarige?", wollte Paul wissen.

„Glaub schon, bin mir nicht ganz sicher", antwortete Sascha. „Wieso?"

„Hat sich angeblich in einen Mischa verknallt und fragt alle nach ihm, lässt sich aber jetzt von Ivan abschleppen."

„Sollen die beiden miteinander ausmachen", brummte Sascha, schaute aber dennoch zu dem Tisch, an dem das Mädchen saß. Er ging unauffällig näher, bemerkte, dass ihre Zunge schon etwas schwer und dass es Ivan war, der sie für sich interessieren wollte. Er sah ihr ins Gesicht und erschrak. Sie wirkte älter und er hätte sie beinahe nicht erkannt, doch es je genauer er hinsah, desto weniger Zweifel hatte er. Was hatte sie allein hier zu suchen und warum interessierte sie sich für Mischa?

Sie stand auf, um aufs Klo zu gehen und als sie ging, merkte Sascha, dass sie sich recht unsicher bewegte. Als Ivan noch zwei Mixgetränke orderte, beschloss Sascha, einzugreifen. Als Yeşim wieder zurückkam, stellte er sich ihr in den Weg: „Hey, Mädel, du trinkst jetzt aber nichts mehr, sondern du gehst heim!"

„Ey, was fällt dir ein?" Ivan trat ihm gegenüber. „Lass das Mädchen in Ruhe! Die gehört mir heute Abend!"

„Siehst du nicht, dass sie blau ist und dass das heute nichts mehr wird?"

„Halt's Maul oder du kriegst ein paar drauf!" Er schlug zu, doch Sascha wich rechtzeitig zur Seite, sein Gegner jedoch auch, als er zurückschlug.

„Ey, hier wird nicht geprügelt! Raus!", brüllte Andrej, der Türsteher. Sowohl Sascha als auch Ivan leisteten sofort Folge: Andrej war zwei Meter groß und ausgebildeter Nahkämpfer.

Ein Trick der Kripo

Vor der Tür gab es ein ziemliches Gedränge: Einige Ältere standen noch Schlange an der Kasse, einige Raucher hatten es sich neben der Tür bequem gemacht und einige andere waren Sascha und Ivan in der Hoffnung gefolgt, einen Kampf zu sehen. Ehe die beiden jedoch beginnen konnten, zu kämpfen, schubste Andrej Sascha an. „Sag, kennst du das Mädel?" Er zeigte auf Yeşim, die, Sascha wusste nicht, ob freiwillig oder nicht, den Jungen gefolgt war.

Sascha nickte.

„Weißt du, wo sie wohnt?"

„So ungefähr, wieso?"

„Kannst du so nett sein und dich drum kümmern, dass sie heimkommt? Die ist ziemlich blau und ich hab keinen Bock, dass uns ihre Eltern Ärger machen."

„Nix gibt's! Ich bring sie heim!", bellte Ivan.

„Wanja, ich weiß, wem ich trauen kann. Sascha zum Beispiel – bisher dir auch, aber wer ein Mädchen so betrunken macht, dem trau ich nicht mehr so ganz. –Von mir aus geh mit, aber ohne Prügeln und bring sie direkt heim! Ist das klar?"

Sascha schob Yeşim weg, solange Ivan noch mit Andrej diskutierte.

„Lass mich! Ich kann gehen!", rief die. Sie schaute auf die Uhr, was sie Mühe zu kosten schien.

„Viel zu spät für dich auf jeden Fall", erklärte Sascha mit einem Grinsen. „Und jetzt, Yeşim, gehst du mit mir heim, solange du das noch kannst und weißt, wo du wohnst!"

„Wie…woher weißt du…?"

„Du bist die Freundin vom Kevin, das weiß ich – oder von mir aus Exfreundin – und ihr wart vor ein paar Wochen hier bei meinem Vater – und jetzt schaust du, dass du heim kommst, es ist halb elf."

„Was? Halb elf?" Sie erschrak und lief in Richtung Straßenbahnhaltestelle. Sascha folgte ihr. Sie ging zwar nicht mehr ganz gerade und stolperte einmal, wobei er nicht wusste, ob dies an ihren hohen Absätzen oder ihrer Trunkenheit lag, fing sich aber wieder. Trotz ihren Protesten begleitete er sie jedoch in die Straßenbahn, stieg mit ihr um und ging mit ihr bis kurz vor ihre Wohnung, wo er erst auf die dritte eindringliche Bitte reagierte, sie doch die letzte Strecke allein gehen zu lassen, da ihre Eltern sie nicht mit einem fremden Jungen sehen sollten.

Sascha sah ihr nach, bis sie in einem Haus verschwand und ging dann zur Straßenbahn, um wieder zurück zum ‚Blue Volga' zu fahren. Als er sein Handy aus der Tasche zog, stellte er fest, dass er eine SMS hatte: „Wir sprechen uns!", hatte Ivan auf Deutsch und auf Russisch geschrieben. Er hatte wenig Lust auf eine Prügelei und fuhr so, da er an diesem Abend keinen Dienst zu übernehmen brauchte, sofort nach Hause.

Es war kurz nach elf Uhr, als Yeşim zu Hause ankam. Ihre Eltern waren noch wach und schimpften fürchterlich; ihr Vater setzte sogar zu einer Ohrfeige an, unternahm allerdings keinen zweiten Versuch, als sie auswich. Eine Woche Hausarrest setzte es aber dennoch.

Sorgen machte ihr dabei besonders, wie sie es Kevin erklären sollte. Immerhin war dieser das Wochenende über nicht da, sodass der Hausarrest nicht wehtun würde.

Am nächsten Tag wachte sie mit Kopfschmerzen auf, konnte jedoch klar genug denken, um sämtliche Anrufe Ivans wegzuklicken und der Polizei Mischas Daten zu melden. Dem aufnehmenden Polizisten musste sie zwar zuerst den Zusammenhang erklären, doch schließlich schien er zu verstehen, worum es ging.

„Was? Seit wann setzen wir türkische V-Frauen in Russendiscos ein, wenn wir nach russischen Verdächtigen suchen?", wunderte sich Kommissar Michael Klein, der, zwar immer noch mit Gehgips, aber eingeschränkt arbeitsfähig, an diesem Wochenende Innendienst hatte.

„Keine Ahnung! Hat nicht gesagt, ob sie ne V-Frau ist", antwortete Meister Koch, der die Anzeige aufgenommen hatte. „Die Namen Kröber und Peters sagen ihr aber was – und sie scheint über den Fall Aljenov Bescheid zu wissen."

Der Kommissar sah sich die Akte auf dem Computer an. Als er sah, wer Yeşim Cokbudak war, erschrak er. Seinen ersten Gedanken, bei ihren Eltern anzurufen, verwarf er jedoch wieder. Als Vater einer, wenn auch noch kleinen, Tochter, fühlte er sich zwar irgendwie verpflichtet, doch so lang war seine eigene Jugendzeit auch noch nicht her, als dass er nicht auch nachvollziehen könnte, dass Kinder und Jugendliche nicht wollten, dass die Eltern jede Dummheit erfuhren. Statt die Eltern zu informieren, rief er bei der Schutzpolizei an und bat darum, unauffällig das Mädchen zu beobachten, da sie eine wichtige Zeugin und möglicherweise gefährdet sei.

Anschließend sah er sich genauer an, was Yeşim über Mischa herausgefunden hatte und betrachtete die Bilder des Mannes. Er war selbst Mitglied des Postsportvereins und hatte dort auch einige Jahre Kampfsport betrieben, weshalb es gut möglich war, dass er den Mann schon gesehen hatte. Das Gesicht kam ihm auch bekannt vor, er war sich aber nicht sicher.

Auf der Homepage des Postsportvereins konnte er feststellen, dass das Karatetraining für die Jugendlichen bereits am Montag, das für die Erwachsenen am Dienstag stattfinden würde. Falls Mischa in der Straße, in der er wohnte, nicht zu finden sein sollte, konnte man ihn also dort antreffen, sofern er nicht gewarnt worden sein sollte. Er gab alle Daten zur Fahndung weiter.

Die Fahnder trafen Mischa am Sonntagabend an und fanden auch seinen Nachnamen Luschin heraus. Klein ließ ihn zunächst nicht festnehmen. „Er steht nicht unter Tatverdacht, also können wir nicht. Wir informieren ihn, dass er als Zeuge aufgerufen ist und passen auf, was er die Woche über macht – wenn er verschwindet oder nicht aussagt, können wir ihn immer noch festnehmen lassen.

Als Kommissar Klein am Montagmorgen seinem Vorgesetzten Bericht erstattete, stimmte der seinen Maßnahmen im Allgemeinen zu. „Das Mädel hat Nerven!", brummte er. „ Die werden wir vor sich selber schützen müssen!"

Ähnlich sah es auch Kommissarin Peters, die allerdings lieber Yeşim selbst ins Gewissen reden wollte als ihre Eltern zu informieren.

Michail Luschin rief bereits am Dienstag an und fragte, was die Polizei von ihm wolle. Oberkommissar Kröber bestellte ihn ins Präsidium und informierte lediglich, es gehe um Jurij Litowtschenko und Annett Landsberg alias Eva Jawlinska.

Am Nachmittag kam Luschin ins Präsidium. Er gab an, Annett Landsberg aus dem Blue Volga zu kennen und zu wissen, dass sie einen Freund namens Jurij hatte; den Nachnamen habe er bisher nicht gewusst.

„Kennen Sie auch einen Alexej Aljenow?", fragte Kröber weiter. Luschin schwieg.

„Ja oder nein?", schrie der Oberkommissar ihn an.

„Wenn Sie möchten, können Sie einen Anwalt anrufen", versuchte es Kommissarin Peters milder. „Aber aussagen müssen Sie."

Luschin stöhnte. „Ich hab kein Geld für einen Anwalt, eigentlich."

„Entweder Sie zahlen selbst oder Sie haben eben keinen Anwalt", antwortete Kröber, nun wieder ruhig, aber bestimmt. „Ich hab Sie was gefragt und ich wart auf eine Antwort und bevor ich die nicht hab, gehen Sie nicht heim!"

Luschin entschied sich, doch einen Anwalt anzurufen, der auch bald kam und darum bat, sich mit ihm zusammensetzen zu dürfen.

Das Gespräch zwischen Anwalt und Mandant dauerte gute zwei Stunden, was die Kriminaler nervös machte. Danach allerdings hatte der Anwalt, ein Herr Pelzer, eine gute Nachricht: „Mein Mandant will ein Geständnis ablegen", sagte er.

„Also", begann Michail Luschin. „Ja, ich kenn' Aljoscha oder ich hab ihn gekannt. Er hat mir letztes Jahr Geld geliehen – ich hab beim Zocken einen Haufen verloren – und hat dafür verlangt, dass ich ihm helfe. Ich sollte, wenn er vor dem Christkindlesmarkt Standbesitzer angeredet hat, aufpassen, wer sonst was mitkriegt. Mir war klar, dass es da um Schutzgeld gegangen ist. Dann hat er allerdings diesen einen Schwaben, an den Namen erinner' ich mich nicht mehr, umgebracht – nicht erschossen, nicht erwürgt, sondern irgendwie ganz leise, vermutlich mit Gift. Das hat auch Jewa – oder Annett – erfahren, weiß nicht, ob Aljoscha oder sonst jemand es ihr erzählt hat.

Ich hab Aljoscha gesagt, mit Mord will ich nichts zu tun haben. Er hat mich einen Feigling genannt, aber mir weiter nichts getan. Wir haben ausgemacht, wenn ich ihn nicht verpfeif', passiert mir nichts. Keine Ahnung, ob er später weitergemacht hat.

Na ja, ich hab die Sache eigentlich schon vergessen gehabt, als ich erfahren hab, dass jemand dieses Jahr im Advent umgebracht worden ist und fast genauso.

Dann, an dem Abend, wo dieses Pärchen im Club war und Fotos von Jewa gemacht hat, hat sie es mir wieder unter die Nase gerieben. Hat erst gesagt: ,Der hat mich fotografiert'. Ich hab gesagt ,Na und, der fotografiert halt gern schöne Frauen', dann hat sie mir gesagt, sie hat Angst, er geht zur Polizei. Ich hab natürlich gefragt, warum sie das nicht will, aber sie hat mir keine Antwort gegeben. Wie die zwei raus sind, hat Jewa gesagt, ,Schau mal, was die reden!' Ich hab gesagt: ,Gut, wenn's dich beruhigt' und draußen festgestellt, dass die wirklich was wussten und es ihr gesagt.

Dann hat sie gesagt, ich soll ihnen nach und die Fotos wegnehmen. Ich wollte erst nicht; sie hat gesagt, dann geht sie zur Polizei und sagt das mit dem Schutzgeld und mit dem toten Standbesitzer. Ich also denen nach. Wollte sie nicht beide angreifen, weil ich gedacht hab, das schaff ich nicht schnell genug, dass es nicht auffällt, solang sie aufpassen. Hab gehofft, die knutschen irgendwann und ich kann mich dann ranschleichen, haben sie aber nicht. Als das Mädel dann allein war, wollte ich sie mir schnappen, da war allerdings Polizei auf der Straße. Ich hab mir also gedacht, dann wenigstens dem Jungen nach und den hab ich auch noch erwischt."

„Was haben Sie ihm gegeben?"

„Irgendwelche K.O.-Tropfen."

„Woher hatten Sie die?"

„Von Jewa oder Annett."

„Und die? Woher hatte sie die?"

„Vielleicht von Jurij, vielleicht von Aljoscha. Auf jeden Fall hatte sie noch ein anderes Gift. Einmal, wie ich sie heimbegleiten wollte, hat sie gesagt, ‚Mischa, ich kann mich wehren. Ich kann dich mit einem Finger umlegen, wenn mir danach ist.'"

„Kann es sich um das Gift handeln, mit dem Alexej Aljenow den Standbesitzer umgebracht hat?"

„Kann sein, kann auch nicht sein."

„Wer Aljenow umgebracht hatte, wissen Sie also nicht?!"

„Nein, Ehrenwort! Ich wusste nicht einmal, dass der Tote Aljoscha war."

„Jede Wette, sie war es", brummte Kröber.

„Aber wie kriegen wir sie dazu, es zuzugeben?", fragte Klein ratlos.

„Gehen wir mal logisch vor!", schlug Birgit Peters vor. „Warum hat sie ihn umgebracht und wie ging das vor sich? Geld erwartete sie von ihm wohl kaum – da gab es andere."

„Wenn Aljenow sie sich gegriffen hat und sie sich wehren wollte?", mutmaßte Michael Klein. „Dass der nicht grade zimperlich war, wusste sie ja wohl."

„Nur haben wir an ihm überhaupt keine Kampfspuren gefunden. Steht in der Akte, Michl!", warf Kröber ein.

„Chef, wie sehen Sie das? Er steht vor ihr, grapscht nach ihr, sie weicht aus und sticht zu, bevor er ihr etwas tun kann – wäre wohl Notwehrexzess, aber erklärbar."

„Tja, Birgit – das klingt wahrscheinlicher! – Traust du, sorry, trauen Sie sich zu, ihr klarzumachen, dass sie das besser zugeben soll?"

Kommissarin Peters wunderte sich erst, dass er sie mit dem Vornamen angesprochen hatte, antwortete aber schnell: „Wie? Und wenn sie alles abstreitet?"

„Dann haben wir Pech gehabt. Aber Sie können ihr ja sagen, dass Mischa ausgepackt hat und dass er vom Gift weiß – und dass sie natürlich verdächtig ist. Mit Ihren Schauspielkünsten können Sie ihr vielleicht klarmachen, dass Sie ja verstehen, dass eine Frau sich vor einem Mann, von dem sie weiß, dass er zu Mord bereit ist, wenn er nicht kriegt, was er will, so fürchtet, dass sie zusticht."

„Ha!", schrie sie auf.

„Hä? Was ist jetzt passiert?"

„Wir machen ihr noch etwas anderes klar: Sie sagen ihr, Jurij Litowtschenko werde morgen abgeschoben, weil er gestanden habe. Und ich sage ihr, dass ich sie verdächtige – natürlich nicht gleichzeitig, sondern hintereinander. Aus Angst um ihn wird sie vielleicht noch eher gestehen. Was immer man sonst von ihr halten soll, aber Litowtschenko ist ihre große Liebe, so wie sie die seine."

„Super Idee!", lobte Kröber sie. „Dann gehen Sie zuerst, sobald Sie sich Ihren Text überlegt haben und danach ich."

Gegen Abend ging Birgit Peters ins Untersuchungsgefängnis, um mit Annett Landsberg zu sprechen. Als sie zurückkam, war sie nicht besonders gut gelaunt. „Etwas erschrocken schien sie zu sein", berichtete sie. „Aber das war alles."

„Na ja, morgen früh seh'n wir weiter!", brummte ihr Chef. „Eigentlich haben wir längst Feierabend."

Am nächsten Morgen ging er selbst zu Annett Landsbergs Zelle. Die Gefangene wirkte gereizt: „Ich war's nicht, Herr Kommissar. Was immer Ihre Kollegin behauptet hat!"

„Das wollte ich Ihnen auch gar nicht sagen. Was ich Ihnen allerdings mitteilen muss, ist vermutlich sehr traurig für Sie." Er bemühte sich um einen mitleidserweckenden, aber dennoch sachlichen Ton. „Wie Sie ja wissen, hat Ihr Freund den Totschlag gestanden. Ich glaube zwar, ebenso wie meine Kollegin, nicht an seine Schuld, aber das Gericht sieht es anders. Ich muss Ihnen leider mitteilen, dass er morgen in die Ukraine abgeschoben wird."

„Was? So einfach? Es hat doch nicht mal ein richtiger Prozess stattgefunden, oder doch?"

„Ausländerrecht und Strafrecht sind zwei verschiedene Paar Stiefel, Frau Landsberg. Im Strafrecht muss man hundertprozentig beweisen, dass der Angeklagte schuldig ist, im Ausländerrecht reichen vielleicht sechzig, siebzig Prozent. Ich hab die Vorschriften nicht gemacht, aber es ist nun mal so. Es tut mir leid für ihn, zumal ich nicht glaube, dass er schuldig ist. – Das Einzige, was ich Ihnen versprechen kann, ist, dass Sie ihn heute Nachmittag noch einmal sehen dürfen! Sie müssten nur der Wache Bescheid sagen, dann hole ich Sie gegen zwei Uhr ab."

Es dauerte nicht einmal eine Stunde, bis das Telefon im Büro des Leiters der Mordkommission klingelte. Es war die Wache im Untersuchungsgefängnis. „Frau Annett Landsberg möchte eine Aussage machen. Herr Dr. Bader, ihr Anwalt, wird gegen zwölf Uhr erwartet."

Oberkommissar Kröber und Kommissarin Peters setzten sich schweigend Annett Landsberg und deren Anwalt gegenüber. Die junge Frau musste immer wieder weinen, weshalb sie schwer zu verstehen war.

„Es war eine Dummheit von mir. Ich wollte auf den Christkindlesmarkt und Jurij konnte an dem Tag nicht. Er hat mir angeboten, am nächsten Tag mit mir hinzugehen, aber ich sagte, ich könnte auf mich aufpassen. Ja, und dann steht da plötzlich Aljoscha. Ich bekam die Panik, versuchte erst, durch das Gedränge abzuhauen, dann hatte er mich plötzlich gepackt und laut gesagt ‚Bleib hier, Jewa!' Ich versuchte, mich loszureißen, aber er war zu stark. Die Leute dachten wohl er hätte mit einem Kind gesprochen, sofern sie es überhaupt mitbekamen. Ich schrie, er solle mich in Ruhe lassen, aber er lachte nur und sagte: ‚Du kommst jetzt mit, wohin ich will' und riss mich mit sich. Ich wollte ihm eine Ohrfeige geben, konnte aber nicht weit genug ausholen wegen des Gedränges. Er packte mich nun am anderen Arm – so bekam ich den Arm frei, an dem ich den Ring trug, den Ring mit dem Gift, den er mir geschenkt hatte. Er hatte damals gesagt ‚damit du dich verteidigen kannst' und nun verteidigte ich mich – gegen ihn. Ich habe ihn umgebracht, denn ich hatte solche Angst."

„Vielleicht finden Sie einen gnädigen Richter", versuchte Kröber, sie zu beruhigen.

„Aber was geschieht mit Jurij?"

„Ich werde sehen, was sich machen lässt."

„Auf jeden Fall verlange ich, den Abschiebebescheid zu sehen", mischte sich erstmals Dr. Bader ein. „Und dann werde ich ihn anfechten. Noch leben wir in einem Rechtsstaat, wo Maßnahmen nicht so einfach vollstreckt werden können."

„Kein Problem!", antwortete Kröber.

„Warum haben Sie ihr nicht gesagt, dass Jurij überhaupt nicht abgeschoben werden sollte?", wollte Kommissarin Peters im Büro wissen.

„Weil ich das nicht versprechen kann. Er ist illegal hier und Mitglied einer Verbrecherbande. Ja, er hat Asyl beantragt, aber die Ukraine ist kein Staat, in dem sie ihn gleich umbringen würden. Es ist nur zu wahrscheinlich, dass er wirklich abgeschoben wird."

„Irgendwie tun mir die beiden leid."

„Mir auch ein wenig", gab er zu. „Aber ich kann ihnen nicht helfen. Die einzige Person, die langfristig die Abschiebung verhindern kann, ist Annett Landsberg selbst – aber das wird ihr sicher ihr Anwalt sagen."

Ende

„Sie meinen, sie muss ihn heiraten?", riet Birgit Peters.

„Genau. Das bedeutet zwar immer noch einen Haufen Papierkram, vielleicht muss er wirklich zwischenzeitlich zurück, aber wird wohl das Einfachste. Das müssen die beiden aber selber entscheiden."

„Eine andere Frage: Was wollen Sie dem Anwalt nun zeigen?"

„Gar nichts. Mich entschuldigen, dass da was verwechselt worden ist – soll er mir nachweisen, dass das eine Lüge ist. Vermutlich liegt der Asylantrag immer noch beim Entscheider."

„Und wenn dieser Dr. Bader das Geständnis anfechten lässt, wenn er erfährt, dass Litowtschenko nicht unmittelbar die Abschiebung drohte?"

„Warum sollte er? So falsch ist das nicht. Er hat einen Mord gestanden, damit erlischt jeder Asylanspruch, sogar einer aus Nordkorea. Kann ja sein, dass sie gnädig sind beim Ausländeramt, meistens sind sie's auch, aber riskieren würd ich's an ihrer Stelle nicht. – Außerdem können wir noch überprüfen, ob die Aussage stimmt. Wenn Aljenow wirklich die Landsberg gepackt hat, müssten DNA-Spuren an seinen Händen sein."

„Sagte der Arzt nicht …"

„Der hat gesagt, dass Aljenow in keinen Kampf verwickelt war – und das hat die Landsberg ja bestätigt. DNA-Spuren an den Händen hat der sicher nicht genau untersucht, solang keiner verdächtig war. Schließlich hat jeder irgendwelche DNA-Spuren an den Händen – ich zum Beispiel Ihre und Sie meine und die vom Kleins Michl und wem sie sonst noch die Hand gegeben haben."

„Dann genügt das aber nicht als Beweis."

„Nicht allein, aber es reicht, dass sie verdächtig ist – und zusammen mit dem anderen, dass sie ihr Geständnis lieber nicht zurücknimmt. – Also gut, der Fall ist für uns wohl vorbei. Der Rest ist Sache des Gerichts, mit dem Neumann dürfen sich die Kollegen von der Wirtschaft weiter beschäftigen und mit dem Litowtschenko die Asylbehörde. Ich schreib jetzt bloß noch die entsprechenden Benachrichtigungen – und Sie reden mit unserer freiwilligen verdeckten Ermittlerin!"

„Sie meinen, mit Yeşim Cokbudak?!"

„Genau die! Sie haben einen besseren Draht zu ihr. – Schließlich soll sie wissen, dass durch sie zwei Mordfälle geklärt werden konnten – aber Sie sollten ihr auch nochmal sagen, dass sie künftig besser auf sich aufpassen soll. Das hätt leicht auch schiefgehen können, wenn sie an den Falschen geraten wär'. Eine Belohnung hat sich verdient – da, Sie kriegen weniger Gehalt wie ich! Laden Sie sie auf Kaffee und Kuchen ein, den Rest klären die da im dritten Stock!" Er schob ihr einen Geldschein zu.

Nachdem die Polizei angerufen hatte, konnte Yeşim natürlich nicht mehr verbergen, was sie am letzten Wochenende getan hatte. Ihre Eltern waren erschrocken, freuten sich aber, dass alles gutgegangen war. Auch Kevin erschrak, als er es hörte.

„Zum Glück hast du nochmal Dusel gehabt, Schatz!", meinte er. „Aber das nächste Mal sagst du bitte Bescheid! Außerdem, finde ich, hat der Sascha verdient, dass du ihm was spendierst. Der wenn nicht gewesen wär, wer weiß!"

Yeşim bat darum, dass ihr Freund mitkommen dürfte, als sie sich mit der Kommissarin im Café traf. Sie musste eine Ermahnung von Birgit Peters über sich ergehen lassen, während sie eine Käsesahnetorte auf Oberkommissar Kröbers Rechnung genoss.

„Dennoch", schloss Frau Peters. „Du hast uns sehr geholfen. Durch deine Hilfe konnte nicht nur dieser Mordfall geklärt werden, sondern vermutlich ein weiterer." Sie erzählte dem Mädchen die Geschichte. „Mein Kollege hielt dich übrigens für eine verdeckte Ermittlerin oder eine V-Frau", berichtete sie mit einem Grinsen. „Du scheinst deine Rolle also gut gespielt zu haben – nicht, als ob ich dir in deine Zukunftsplanung hineinreden möchte."

„Wer weiß? Könnte ich mir schon vorstellen – aber da sind's ja noch mindestens zwei Jahre hin und einbürgern lassen müsst' ich mich obendrein."

„Oh nein, bitte nicht! Du als Polizistin – da müsste ich ja die ganze Zeit Angst um dich haben", sorgte sich Kevin.

„So schlimm ist's auch nicht. Wenn ich regelmäßig trainier, müssen eher andere Angst vor mir haben. So ein schwaches Mädchen bin ich nicht – und das Fett täuscht. Da, fassen Sie mal an!" Sie ballte die Faust und ließ sich von Kommissarin Peters an den Oberarm greifen. Die nickte anerkennend. „Da wäre wohl der eine oder andere Junge neidisch, aber Kraft ist bei uns das wenigste – und auch Nahkampftraining nicht. Gegen mehrere Gegner nützt das alles nichts; deshalb muss man lernen, gefährliche Situationen möglichst zu vermeiden oder zumindest nicht allein zu sein. – Aber das kann man lernen. Aber an deiner Stelle würde ich mir das noch überlegen. Es gibt sicher angenehmere Jobs."

„Was ich Sie schon länger fragen wollte, ganz was anderes", fiel Kevin ein. „Sie kennen sich ja ziemlich mit Motorrädern aus, aber irgendwie reden Sie wohl nicht gern drüber."

„Und da sagt einer, Frauen sind neugierig", zischte Yeşim.

Die Kommissarin schluckte. „Gut beobachtet. – Nun, wenn ihr es genau wissen wollt: Ja, ich fuhr viele Jahre Motorrad, ich war eine echte Fanatikerin. Mein Ex-Mann genauso. Auch mein Sohn machte den A1-Führerschein sobald er sechzehn war und kaufte sich auch sofort eine 80er." Tränen standen ihr in den Augen. „Vor gut einem halben Jahr, im Mai 2011, bekam ich plötzlich die Nachricht von der Verkehrspolizei, dass er in einen schweren Unfall geraten war. Vielleicht hatte er nicht aufgepasst, vielleicht der Autofahrer, der ihn anfuhr, ich weiß es nicht und man fand nie genau heraus, wer Schuld hatte. Sein bester Freund, mit dem er unterwegs war, konnte gerade noch um das Auto herumfahren, aber mein Sohn wurde ins Krankenhaus gebracht und starb dort drei Tage später. – Das ist der Grund, warum ich mit Motorrädern nichts mehr zu tun haben möchte und auch der, warum ich mich hierher versetzen ließ: Alles in Regensburg erinnert mich an Johannes, meinen Sohn."

„Oh nein, das tut mir leid!", antwortete Kevin und musste sich zusammenreißen, der Frau nicht die Hand auf die Schulter zu legen.

„Schon gut. – Ich wollte euch nicht mit meiner Geschichte belästigen und ich will auch nicht sagen, dass Sie, dass du lieber die Finger davon lassen sollst; ich fuhr selbst fast 30 Jahre, ohne je einen schweren Unfall gehabt zu haben; viele Freunde von mir auch. Natürlich gibt es weniger gefährliche Hobbys, aber wenn man aufpasst, ist die Unfallwahrscheinlichkeit nicht viel größer als beim Radfahren oder beim Bergsteigen – allerdings gibt es leider sehr viele Motorradfahrer, die Mut mit Übermut verwechseln – ich selbst gelegentlich auch, als ich damit anfing. Wie gesagt, ich weiß nicht, ob mein lieber Johannes selbst schuld war oder nicht, aber das kann ich dir auf den Weg geben: Du bist auch mit einer 80er drei- bis viermal so schnell wie mit dem Fahrrad, also musst du auch drei- bis viermal so vorsichtig sein und drei- bis viermal so weit vorausschauen können."

„Ich werde es mir merken. Und vor dir brauch ich ja nicht angeben, wie toll ich bin."

„Ich weiß, was ich an dir hab", bestätigte Yeşim und gab ihm einen Kuss.

„Was passiert jetzt eigentlich mit dem Typen, der mich angegriffen hat? Und mit dieser Landsberg?", wollte Yeşim schließlich wissen.

„Das weiß ich nicht. Das muss das Gericht entscheiden. Wir haben unseren Job gemacht. Ihr werdet vermutlich davon hören, da eure Zeugenaussagen wohl gebraucht werden – aber das kann dauern."

„Dieser Fotomensch neben der Konditorei von meiner Tante ist übrigens schon weg", wusste Kevin. „Und sie sagt, der Vorbesitzer kriegt wohl auch Geld von diesen Typen und er hat auch ihr welches versprochen, weil mein Onkel ihm hat helfen wollen. Kann sie wohl auch brauchen, sie hat zu kämpfen mit ihrem Laden – also wenn Sie mal nen guten Kuchen essen wollen, also, nicht, dass der hier schlecht wär, dann können Sie

sie auch unterstützen – und mich auch, weil bis ich was verdien', brauch ich Geld von ihr."

„Danke für den Tipp! Sehen wir mal!"

„Wenn Sie dazu freiwillig eine Reise bis ans Ende der Welt machen wollen", lästerte Yeşim.

„Da sag noch jemand etwas zum Thema Fremdenfeindlichkeit!"

„Ich hab nix gegen Fürther, ehrlich nicht! War Spaß, das."

„Dachte ich schon. Gehört dazu. – Nun, ich muss wieder zurück ins Präsidium. Viel Spaß noch!"

Sie rief die Kellnerin und zahlte.

„Auf Wiedersehen, Frau Kommissarin", sagte Kevin.

„Die Polizei möchte man ungern wiedersehen. Tschüss und viel Spaß!"

„Wer weiß, vielleicht sehen wir uns ja wirklich mal wieder", meinte Yeşim. „Ihnen auch viel Spaß, soweit Sie den haben."

„Tschüss, künftige Frau Kollegin!" Beide mussten grinsen.

„Künftig ist später und wir leben jetzt! Genießen wir's, solange wir noch können!", stellte Kevin fest. „Komm, Schatz!"

Arm in Arm verließen sie das Café, sahen der Kommissarin nach, wie sie zum Präsidium lief und gingen selbst in Richtung Fußgängerzone.

Weitere Bücher des Autors

- Ines und Pedro; fern voneinander im gleichen Land. –
  Books on Demand 2011 *beschreibt Erlebnisse eines*
  reichen Mädchens und eines armen Jungen in einer
  lateinamerikanischen Diktatur.

- Übersetzungstraining Latein ab dem 2. /3. Lernjahr
  gibt Tricks beim Übersetzen und eine Wiederholung
  der lateinischen Grammatik im Überblick.

Rechtliche Hinweise

Das Titelbild ist ein eigenes Foto des Autors vom Christkindlesmarkt im Jahr 2012.

Alle handelnden Personen sind frei erfunden. Jede Ähnlichkeit mit lebenden Personen ist rein zufällig. Die beschriebenen Orte existieren dagegen tatsächlich.

Nachdruck ohne Erlaubnis des Autors verboten.